© Herederos de Gloria Fuertes 2001
© Susaeta Ediciones, S.A. 2001
C/ Campezo s/n – 28022 Madrid
Telf. 913 009 100
Fax 913 009 118
Cubierta: Jesús Gabán
Ilustraciones: Nivio López Vigil
Selección: Celia Ruiz Ibañez
Impreso en España
ediciones@susaeta.com

365

Días con los Animales de GLORIA FUERTES

susaeta

ENERO DÍA 1

La tortuga presumida

Iba una tortuga
por la capital,
iba despistada
con tanto autocar.

Buscaba una tienda,
quería comprar
    un sombrero nuevo
        y medias un par.

ENERO DÍA 2

Se compró un sombrero
con cintas de seda
y, tan elegante,
salió de la tienda.

Pasó una tartana,
cruzó una calesa,
pasó un camión
y tres bicicletas
y la tortuguita
guardó su cabeza.

ENERO DÍA 3

Y cuando de nuevo
su cara asomó:
¡pobre sombrerito,
se lo atropelló
una tartanita
con un percherón!

La tortuga dijo:
−¡Qué fatalidad,
yo me voy al río,
qué asco de ciudad!

El pez llorón

El pez Colorines vivía feliz y contento,
con los otros peces de su apartamento.
El apartamento era el acuario de unos grandes almacenes. El pez Colorines había
nacido allí en la gran pecera. Como no sabía nada de ríos ni mares, se creía que el
mundo era eso. Y era feliz dentro del «lago» de agua dulce, encarcelado entre
paredes de cristal, con su agua y su comida artificial.
Y Colorines era feliz, sobre todo porque todos los peces del acuario (de distintos
colores, tamaños y precios) eran sus amigos.

–¿Cuál quieres, Miguelito?
–Ese de colorines tan bonito. (Y le compraron el pez a Miguelito). Colorines se llevó
un susto imponente. Por primera vez, el pez se sintió atrapado y rápidamente
trasladado a otro lugar.
(Colorines por poco no se ahoga en el viaje).
El otro lugar era una habitación pequeña, redonda, desierta…

8

–Estoy en la cárcel –pensó Colorines–, he oído decir que estar solo es como estar en la cárcel.

El pez Colorines no estaba en ninguna cárcel, estaba en una pecera y estaba en una casa, encima de la chimenea, junto al televisor.

ENERO DÍA 7

Al llegar la noche, todos se acostaron, menos el perro Kiko que, durante horas y horas, le observó extrañado.

El pez Colorines estaba muy triste y muy asustado. No sabía estar solo o no quería estar solo.

El pez Colorines no podía hablar.

Se pasó toda la noche llorando.

ENERO DÍA 8

Por la mañana apareció en la sala la madre de Miguelito, se quitó una zapatilla y empezó a pegar al perro Kiko.
–¡Sinvergüenza! ¡Cochino! ¡Ven aquí! ¿No te da vergüenza? ¡Hay que ver lo que has hecho! ¿Por qué no dijiste al papá de Miguelín: «papá, pipí»?
La señora señalaba con el dedo un gran charco en el suelo.
El culpable del gran charco del suelo no fue el perrito Kiko: Kiko no se había hecho pipí.

ENERO DÍA 9

Sucedió que el pez Colorines se pasó toda la noche llorando. Y sus lágrimas aumentaban el agua de la pecera, hasta desbordarla, chimenea abajo.
Mientras la madre de Miguelín seguía dando zapatillazos al perro, Colorines, el pez llorón, miraba de reojo la escena, avergonzado, quieto en un rincón de la pecera, sin mover los ojos, sin mover las aletas.
Colorines, el pez, no podía hablar.
Kiko, el perro, tampoco dijo nada.

ENERO DÍA 10

El sapito feo

Sapito
del charco,
el hombre del saco
te quiere cazar.

Sapito,
Tadeo,
porque eres
muy feo,
te va a retratar.

ENERO DÍA 11

Sapito
del charco,
¡que cantes
más bajo
tu «croá croá,
croá, croá!»

Sapito
asustado;
sapito
del charco,
escóndete
más.

11

La gallina que no sabía poner huevos

La pobre gallina, de pluma roja y pata fina, no sabía poner huevos.
En vez de poner huevos, ponía ya tortillas, calentitas, deliciosas. Los dueños de la gallina pusieron un restaurante que se llamaba: «La gallina de las tortillas de oro». Los amos de la gallina y el pueblo entero dejaron de tener hambre, porque las tortillas no costaban un huevo, costaban menos de un huevo. Los amos engordaban y la gallina entristecía.

ENERO DÍA 13

La gallina está triste.
¿Qué tendrá la gallina?
Está harta la gallina
de vivir en la cocina.

La gallina quería ser una gallina como todas, quería tener pollitos y no tortillas y, un día, se lo dijo a sus amos, que se iba.

ENERO DÍA 14

–¡Por favor, gallinita, no quieras ser gallinita vulgar y corriente, que nos arruinas! ¡No nos abandones! Eres famosa, has hecho al pueblo feliz y famoso, has salido en la «tele». ¿Qué más quieres? No te vayas gallinita que nos dejas en la ruina. Yo te daré más maíz y algarrobas que sé que te gustan...
–No insistas ama, me voy mañana. Primero me voy al médico porque estoy malita, esto que me pasa es muy raro, no me encuentro bien, estoy cansada de quemarme las plumas de la cola al «poner» las tortillas, me voy al veterinario a ver qué me dice, si me cura, vuelvo.

ENERO DÍA 15

La consulta del veterinario parecía el Arca de Noé. Burros cojos, cerdos gruñendo, vacas sin leche, perros tristes, gatos rabiosos, cabras tosiendo y ovejas con garrapatas; en aquel ambiente la gallina tuvo que hacer cola escondida debajo de una silla, protegiéndose de la tos latosa de la cabra, pensaba:
–Esto está lleno de microbios, aquí «cojo» yo algo. Va a ser peor el remedio que la enfermedad.

13

Por fin llegó su turno y la gallina entró en la consulta.
El médico le dijo nada más verla:
–Estás muy gorda, gallinita, tienes mucha grasa.
El médico cogió a la gallinita y la puso sobre una mesa.
–Pobre gallinita, tienes mucha grasa y tienes mucha fiebre, te falta calcio y con el calor de la fiebre que tienes dentro de ti y la falta de cal escachifollas la cáscara y el huevo sale frito o en tortilla. ¿A que sí?
–Sí, doctor, ¿cree usted que me curaré? Doctor, quiero ser madre.
–Para ser madre, tienes que pasar hambre.
–Lo que usted diga, señor veterinario.
–No te voy a mandar medicinas, solamente tienes que comer menos, pasar hambre, picotear cal tres veces al día. Si adelgazas, te pondrás buena y tendrás pollitos como cualquier gallina.
–Gracias, doctor.

ENERO DÍA 17

La gallina de las tortillas de oro volvió
con sus amos.
–¡Bienvenida! ¡Qué alegría!
–Lo siento, no alegraos –dijo la gallina–,
se acabaron las tortillitas,
no os voy a hacer ningún gasto,
tengo que adelgazar,
me voy a encerrar en el gallinero,
tengo que estar sin comer hasta enero.
Y después os pondré huevos,
y tendré pollitos
que es lo que quiero.

ENERO DÍA 18

Gallinita ciega

Gallinita estaba
presa en su corral,
con la pata atada
en un matorral.

Gallinita cose,
cose un delantal
para su pollito,
que no sabe andar.

ENERO DÍA 19

Gallinita llora:
«¡Kikirikiká!».
Se ha quedado ciega
de tanto llorar.

Gallinita ciega
busca en el pajar.
–¿Qué se te ha perdido?
–Aguja y dedal.

ENERO DÍA 20

–Da tres vueltecitas
y lo encontrarás.

Gallinita ciega
gira sin cesar.
¡Pobre gallinita,
se va a marear!

ENERO DÍA 21

El Osito ye-yé

Donoso, el oso, era diferente. Donosito, el osito, al revés que sus hermanos osos, que eran sosos, patosos y tranquilos, él era inquieto, nervioso y gracioso, él era un osito ye-yé y tenía un yo-yó.

También tenía los ojos grandes, los pies pequeños, largo flequillo y melenita de Colón. Así era el osito ye-yé.

ENERO DÍA 22

Los osos, lejos de sus montañas, los osos de la ciudad siempre han sido artistas de circo o artistas de gitanos, siempre han bailado al son del pandero y al son de aquella canción:

«Baila, osito, baila,
que Dios te lo manda».

ENERO DÍA 23

Así Donosito, el osito ye-yé, no sólo bailaba, sino que tocaba la guitarra eléctrica mejor que nadie.

Doña Osezna decía a don Osorio:

–Mira, maridito mío, no me importa que el «niño» nos haya salido ye-yé, lo que me importa es el recibo de la luz… Su guitarra eléctrica nos arruina.

Donosito se apuntó en un concurso de canciones modernas. Y llegó el día en que tenía que cantar y bailar en la televisión.

–¡Que viene el artista, que viene el artista!

Y apareció el osito ye-yé en la pista.

Diversos comentarios pusieron muy nervioso al oso.

–¡Huy, qué birria! ¡Qué melenudo!

–¡Qué pestiño! ¡Qué peludo!

–Soy peludo porque soy un oso, señora.

Después se hizo un silencio bastante sepulcral.

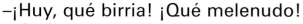

ENERO DÍA 25

El osito ye-yé enchufó su tambor eléctrico y su guitarra al cable eléctrico y su guitarra al cable del micrófono, y al momento, empezó el movimiento.

¡Qué rapidez! ¡Qué frenesí! ¡Qué maravilla!

¡Bailaba como una ardilla! ¡Se retorcía como una pescadilla!

¡Se despeinaba como una escoba vieja!

¡Esto es ritmo y gracia! ¡Qué acrobacia!

... Y qué versos tan bonitos cantaba:

Yo soy el osito ye-yé.
¡Pom pom pom!
Búscate un osito ye-yé.
¡Pom pom pom!
Yo vengo del bosque ye-yé.
¡Pom pom pom!

El osito ye-yé triunfó.
Y por poco no le eligen,
para Eurovisión.

ENERO DÍA 27

Grandes carteles aparecieron por las calles de la ciudad con el retrato de Donosito, el osito ye-yé, anunciando su éxito:

Osito ye-yé, el artista,
se hizo el amo de la pista,
desde el rey hasta el taxista
no hay nadie que le resista
¡al osito ye-yé!

Le llovieron aplausos, le llovieron contratos de discos y trabajo, todos los dueños de los teatros querían que el osito ye-yé trabajase para ellos.

ENERO DÍA 28

Mientras, aquí tenemos al osito ye-yé sacando la lengua al médico.
Donosito está malito, muy malito.
Y dijo el doctor:
–No tiene tosferina ni sarampión, tiene susto, este oso se ha llevado un susto imponente, delante de la gente.
Cuando se puso bueno, el osito ye-yé (antes de perder del todo el conocimiento y la popularidad), volvió a «trabajar» en un teatro. Pero ya no era el mismo, ni lo mismo...

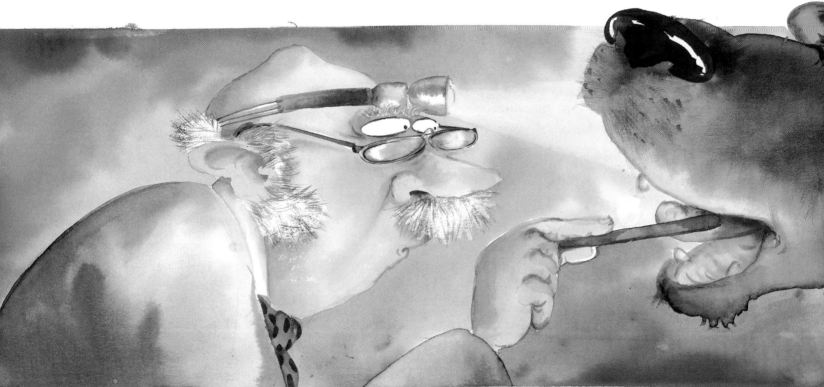

ENERO DÍA 29

Su movimiento era muy patoso, muy... de oso; su voz, baja y ronca; sus palabras, lentas y torpes; su guitarra desafinaba y sonaba muy antigua.
Se le caía el flequillo. Se le caía la fama.
–Pero ¿por qué ya no lo hace tan bien?
–¿Qué le pasa al osito ye-yé?
–¿Por qué no baila tan deprisa como antes?
–¿Qué le sucederá?
–Este oso está haciendo el oso. ¡Fuera, fuera!
–¿Qué le sucederá?

Le sucede que no le sucede lo que le sucedió el primer día. El día que se hizo famoso en la televisión, en cuanto se puso a tocar la guitarra eléctrica, le empezó a dar corriente de tal voltaje, que le temblaba hasta el pelaje, y no le dejó parar hasta que en una reverencia final (que no fue tal reverencia, sino que le dio un mareo) pudo quitar los dedos de su guitarra y dejó de darle corriente.

ENERO DÍA 31

Ahora el osito ye-yé vive con Mariano Manzano, artista gitano, vive en chabola llena de chavales.
Como ya no está «enchufado»
baila lento, no alocado.
Y don Oso, el pobre oso,
se pasa la vida
simplemente haciendo el oso
(que es lo suyo),
bailando al son del pandero de Mariano Manzano,
el artista gitano.
Y la amistad reinó entre ellos.

La cobra cobró

La serpiente
sonriente
en vez de silbar (que es lo suyo)
reía a carcajadas (como una hiena).

La cobra serpiente,
sacaba la lengua
a toda la gente.

FEBRERO DÍA 2

El campesino salió a dar una vuelta,
                      por su huerta,
y la cobra se hizo la muerta.

–¿Tú eres «la roba conejos»?
Pues no vas a comer más.

FEBRERO DÍA 3

Y le dio con un garrote
            en el cogote,
            por detrás.

La cobra se desmayó.
El campesino salió corriendo
pero la cobra cobró.

FEBRERO DÍA 4

El domador mordió al león

–¡Aquí tenéis al domador
que se comió un brazo del león!
–¡Será al revés!
–No, señor.
Don Nicanor,
el domador,
dejó de tocar el tambor
y se comió una pata del león.
Tenía hambre don Nicanor,
un hambre voraz y atroz,
sólo comía al día
una taza de arroz.

FEBRERO DÍA 5

No ganaba dinero. No le iba bien el circo y no era
porque le creciesen los enanos.
El circo en aquel pueblo fue un fracaso.
Era un pueblo sin niños y poetas.
Iban al circo cuatro gatos, cuatro viejos y la señora
del alcalde.

FEBRERO DÍA 6

Al tercer día les pilló grandes aguaceros, y les entraba
el agua por los agujeros de la lona.
La jirafa tuvo anginas. (¡Dos metros de anginas!).
El oso estaba mocoso.
Las pulgas amaestradas se escaparon.
Los tontos se volvieron listos
y no hacían reír.
Y el pobre don Nicanor
tocaba triste el tambor
y suspendió la función.

FEBRERO DÍA 7

Al día siguiente
hubo circo con poca gente.
Don Nicanor entró en la jaula del feroche león,
y, al verle las magritas del brazuelo...
–¡Aaauuuunnn! –le dio un mordisco que le tiró al suelo.
El león confuso, patidifuso ante tal atrevimiento, gritó:
–¡Que me come! ¡Que me come! ¡Que este tío me come!
–¡Qué número! –el público aplaudía.

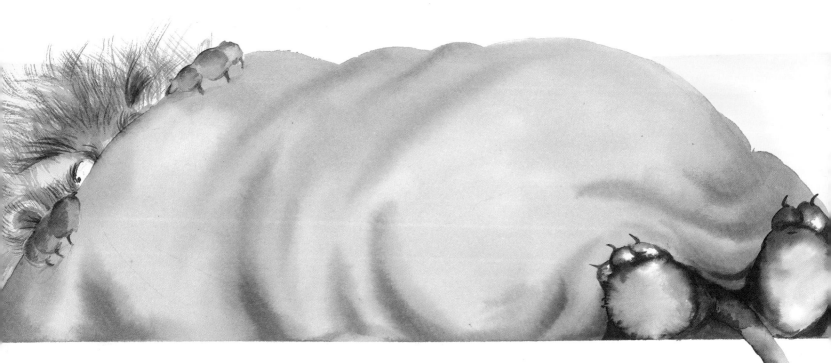

FEBRERO DÍA 8

Don Nicanor seguía comiendo la pata delantera del león.
A los gritos del león acudió una bombera.
–¡Qué número! ¡Qué maravilla! –el público gritaba y aplaudía.
Llevaron al león a la casa de socorro
y le pusieron una vacuna antirrábica.
(Al pincharle, al león Leoncio,
le dio un soponcio
y perdió el conocimiento y la melena).

FEBRERO DÍA 9

Horas más tarde.
Los guardias detienen al domador,
llamado don Nicanor.
Días más tarde.
En el juicio, pierde el juicio
su abogado defensor.
Diciendo: «Observen, señores del jurado,
qué cara de inocente,
tiene el delincuente…»
(Don Nicanor lloraba cara abajo).

FEBRERO DÍA 10

«… Y sepan que durante treinta días,
el acusado no comió,
por darle sus bocadillos de mortadela al león.
Puede comprenderse que, en un ataque
antropófago,
producido por la debilidad, pegara un
mordisco,
a su víctima inocente
(¡y no tan inocente!),
porque el león también tiene dientes,
por tanto pudo defenderse,
y si no lo hizo… ¡es cosa suya!

24

Por eso defiendo a don Nicanor,
porque nunca quiso hacer daño a su león.
Su león «era para él la vida entera,
como un sol de primavera...».
(Aquí el abogado defensor perdió la chaveta y se puso a cantar un tango).

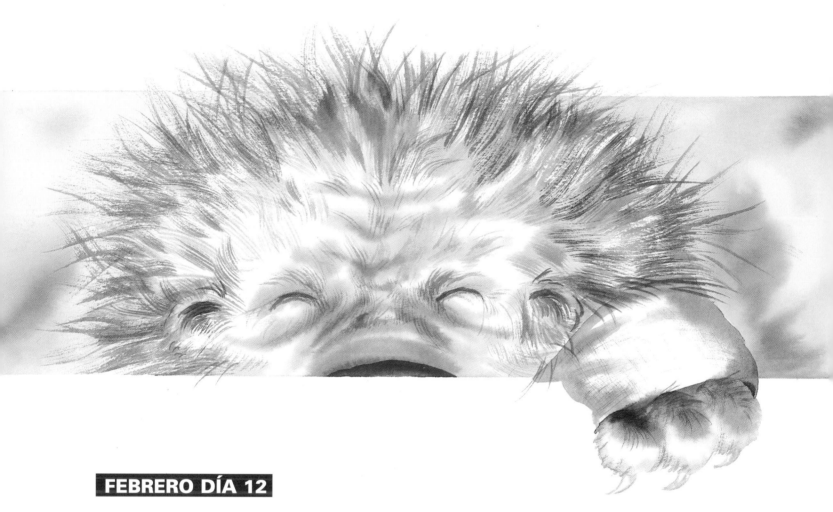

FEBRERO DÍA 12

«Perdón, como les decía, para don Nicanor
el león era su instrumento de trabajo, su herramienta
peluda.
Don Nicanor, ¡pobre criatura!,
hizo lo que hizo en un momento de locura,
por lo que repito, delante de la gente,
que don Nicanor ¡es inocente!».
El juez dijo que bueno.
Don Nicanor dio un beso al león y se puso a tocar el tambor como un loco,
mientras el león, lloriqueando, se lamía la escayola.

Don Donato
pasa el rato

(La patera)

Tengo que llevar
los patos al mercado,
pero son tan patosos
que me tienen mareado.

–¡Eh, patito, por aquí!
¡No te vayas por allá!...

¡Anda! ¡Se escapó la pata!
¡Qué mala pata!

¡Qué problema! ¡Qué coraje!
Este pato está salvaje.

26

FEBRERO DÍA 14

¡Tengo una idea!
(Pero también tengo que tener una escalera.)

–Doña Papera,
¿me deja la escalera?

–Sí, Donato,
te la dejo un rato.

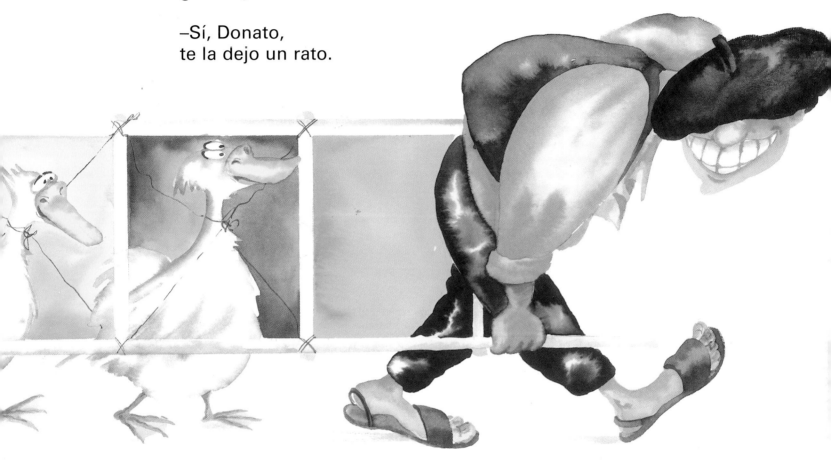

FEBRERO DÍA 15

–¡Doña Papera, doña Papera,
he inventado la patera!

¡Al mercado, patos!

¡Viva la patera!
¡Soy un inventor!
Don Donato Pasaelrato,
servidor.

La paloma y el tanque

La paloma iba andando tranquila, entre las margaritas y los montecitos del campo, picoteando granitos de trigo sueltos... cuando se le echó encima, como un gigante monstruoso, el tanque, que apareció en un alto y bajó echando chispas hasta la verde llanura.

El tanque era negro, feo, muy grande, hacía mucho ruido.

La paloma era blanca, guapa, pequeña, silenciosa.

La paloma sufrió un trastazo y se salvó de milagro.

La paloma, muy asustada, se echó a llorar y se echó a volar.

La paloma volaba muy mal, coja de pata, y manca de ala, no se podía posar en ningún lugar del mundo.

Y seguía volando, volando.

–No termino de curarme, me voy a caer –decía la paloma–, volaré bajito para que el golpe sea menos fuerte.

Por fin aterrizó en el patio de un colegio.

FEBRERO DÍA 18

–¡Ahí va! ¡Una paloma! –dijeron los niños.
–Una paloma herida –dijeron las niñas y la cogieron con cuidado.
–¡Cómo tiembla! ¡Pobrecita!
–Tiene sangre en las patas.
–No, es que son así. En mi pueblo hay palomas de pata roja y cerdos de pata negra.
–Venga, déjate de historias, hay que curarla, rápido.

FEBRERO DÍA 19

En el botiquín del colegio,
le vendaron la pata,
le curaron el ala,
le pusieron comida,
le dieron agua
y la acariciaban despacito.
La paloma seguía temblando,
pero ahora no era de miedo,
era de emoción,
pasó del miedo al cariño,
de las garras del tanque
a las manos de un niño.

FEBRERO DÍA 20

La paloma se curó, aunque quedó algo cojita de una pata; pero al volar, que era lo suyo, no se le notaba.
La paloma se quedó a vivir en el tejado del colegio, comía en las manos de los niños, asistía a las clases, aprendió las letras, y a decir una frase, que repetía, cada día, a los chicos:
–Que nunca os pase lo que a mí,
que nunca os pase lo que a mí.
(Y la paloma de la paz
se quedó con ellos a vivir).

29

El Gato Garabato

–¿Qué es eso que tienes, Gato Garabato?
–Esto es un juguete muy barato.
Es un cohete-juguete,
que me lleva a la Luna en un periquete.
–¿Qué es un periquete?
–Un periquete es... ¡Un momento!

FEBRERO DÍA 22

Dijo un momento y se lo llevó el viento
como a María Sarmiento.

...El Gato Garabato
en su cohete barato
surca el espacio.
El gato Garabato
aluniza despacio.

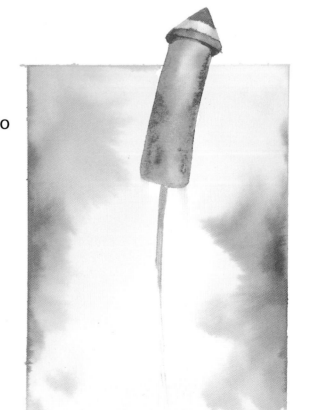

30

FEBRERO DÍA 23

El Gato Garabato no se encuentra nada en la Luna.

GATO: Un volcán que no funciona,
y ni una sola persona.
No hay tejados en la Luna,
y yo soy gato.
No hay poetas en la Luna,
y yo soy gato.
No hay sardinas en la Luna,
y yo soy gato.
No hay ratones en la Luna,
y yo soy gato,
aquí no tengo nada que hacer,
este astrofío me extraña,
me vuelvo a España.

FEBRERO DÍA 24

Y en su cohete–juguete
raudo como una centella,
regateando a una estrella,
–el gato regateando–.
Más veloz que un avión,
regresa a su población.

FEBRERO DÍA 25

GATO: ¡Hola chicos!
¡Viva el arte!
Como en «casita»,
en ninguna parte.

FEBRERO DÍA 26

¡A la feria!

Un duro nos queda;
no te pongas seria
y vete a la feria.

Compra una oveja;
si no la quieres blanca,
cómprala negra.

FEBRERO DÍA 27

Compra un borrico;
si no lo quieres grande,
cómpralo chico.

Compra un cacharro;
si no lo quieres de lata,
cómpralo de barro.

FEBRERO DÍA 28

Compra unas botas;
si no las compras nuevas,
cómpralas rotas.

Compra un capacho,
sombrerito de niña
o de muchacho.

32

Pajarito carpintero

–¿A dónde vas, pajarito tan jilguero?
–Voy a buscar a quien quiero.

–¿Por qué picas así el tronco,
 pajarito carpintero?
–Porque a la mi carpintera
le quiero hacer un sombrero.

–¿De madera?
–Ni de madera ni de madero,
                          ¡corcho!,
que el corcho no pesa casi,
como el amor verdadero.

–¡Qué pico!
¡Dios te bendiga,
pajarito carpintero!

Antón el dragón

Antón, el dragón, se cepilló bien la chepa, se cortó las uñas –que ya las
tenía como palas– y abandonó la soledad de la estepa.
Caminando lentamente –ni despacio ni impaciente– ,
se dirigía hacia donde hubiera gente.
Así, Antón, el dragón,
apareció en una
población.

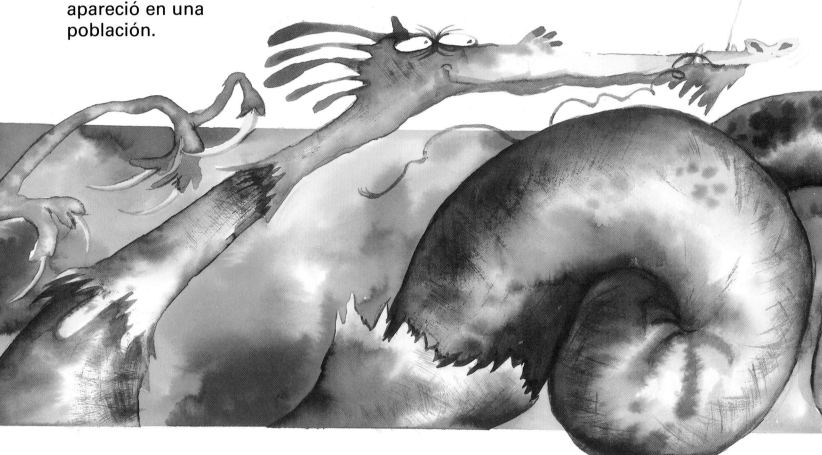

MARZO DÍA 3

Era temprano; las claritas del alba. Todos dormían. El dragón iba despacito,
sigiloso, educado; pero al llegar a la plaza, frente al ayuntamiento, puso toda su
mole en pie, y con el hocico empezó a tocar la campana porque le dio la gana.
No, no fue porque le dio la gana, era para avisar a la gente de que había
llegado.
Toda la ciudad, en camisones, salió a la calle creyendo que había temblores
–terremoto– o fuego.
También se llenaron de caritas, ventanas, ventanos y balcones, callejuelas y
callejones y hubo epidemia de bizcos al ver… «aquello».

MARZO DÍA 4

Pronto los guardias le cercaron con amenazantes fusiles en sus manos; los cazadores, con delgaditas escopetas; los labradores, con palas y rastrillos...

–¡Pon, porrompón porrompón porrompón!

–¡Nicanor, para el tambor! ¡No toques en son de guerra! Este ovíparo viene en son de paz –ordenó el alcalde.

–¡Eso, eso! –dijo el dragón con un afirmativo movimiento de cabezota.

–¡Bravo, bravo! –gritó parte del pueblo.

–¡Es un enviado! –gritó el boticario.

–... Las sales... –susurró la alcaldesa y se desmayó.

Antón el dragón permanecía inmóvil, escuchante y observante, porque sus ojillos –como mesas camillas– eran giratorios como los de sus hermanos enanos los camaleones.

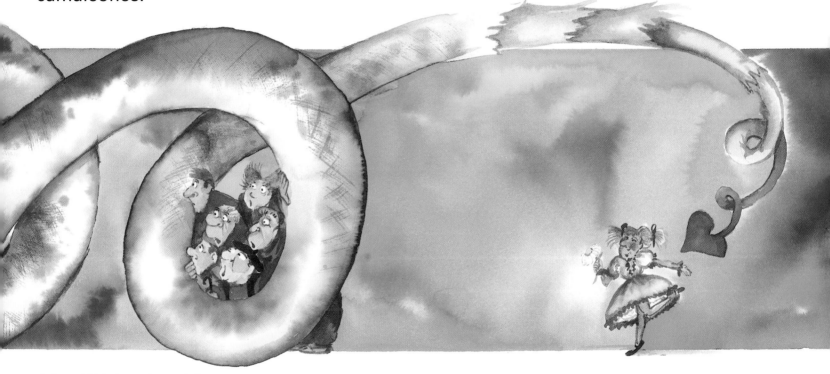

MARZO DÍA 5

En esto se acercó al dragón una moza romántica y musitó (o sea, que le dijo en voz baja):

–¿De qué lago vienes?

–De lago, nada. Yo estaba preso en la presa, princesa –le respondió Antón, el dragón.

–¿Serás un príncipe encantado?

–¡De eso nada, monada! –contestó el dragón que, misteriosamente, era muy chuleta (chuleta quiere decir castizo, castizo quiere decir echado para adelante, echado para adelante quiere decir valiente y anticursi, anticursi quiere decir no anacrónico y anacrónico quiere decir que ya no se lleva).

35

MARZO DÍA 6

A todo esto **Antón**, el dragón, seguía observando y escuchando los diversos comentarios.
Los niños **decían**: «¡Se habrá escapado de un circo! ¡Que se quede! ¡Que se quede!».
Los viejos **decían**: «¡Pues sí! ¡Lo que faltaba!».
Las viejas **gruñían**: «¡Éramos pocos y parió la salamandra!».
Sólo los jó**venes** palmoteaban ilusionados, como si hubiera ganado su equipo: «¡Alirón, alir**ón**! ¡El dragón es campeón!».

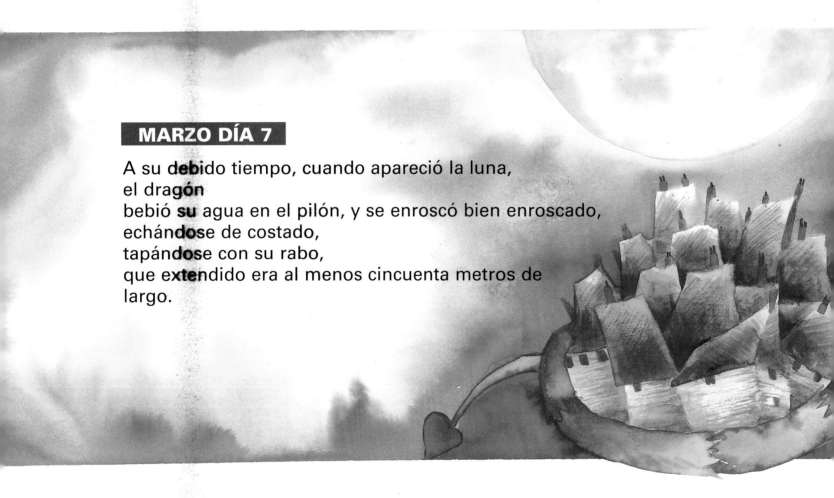

MARZO DÍA 7

A su **deb**ido tiempo, cuando apareció la luna,
el drag**ón**
bebió **su** agua en el pilón, y se enroscó bien enroscado,
ech**ándose** de costado,
tap**ándose** con su rabo,
que e**xten**dido era al menos cincuenta metros de largo.

MARZO DÍA 8

En ese mo**men**to estalló una tormenta. Una extraña tormenta. ¿Tormenta, con la luna **pues**ta y millones de estrellas tintineando?
No, era que **Antón**, el dragón, se durmió con la conciencia tranquila y con la boca abi**erta** y por eso roncaba como un tren.
–¡No desper**tadlo**! ¡Dejadlo solo! –ordenó el alcalde, que estaba echo polvo del trajín inesperado.

MARZO DÍA 9

A la mañana siguiente...
Apareció todo el pueblo nevado.
No podían salir los niños al colegio,
ni los hombres al trabajo,
ni los coches de línea,
ni las mujeres al mercado...
–¡Este dragón es un cenizo!
–¡Este dragón es un enviado!...

MARZO DÍA 10

Y este dragón se despertó y empezó a echar su vaho sobre el pueblo nevado.
Empezó a echar sus llamitas, que derretían pero no quemaban; su dulce aliento,
que calentaba pero no incendiaba. Y en pocos minutos, la nieve había desaparecido
y, a pesar del frío, la ciudad estaba calentita, parecía el mes de mayo.
Antón, el dragón, iba de puerta en puerta echando el vaho, y en todas las casas
pobres parecía que había calefacción.

MARZO DÍA 11

Y los niños pudieron ir al colegio,
y los hombres a su trabajo
y salieron los autobuses de línea
y salieron las flores en el campo.
Y las mujeres cotorreaban en el mercado.
–¡Yo he visto al dragón!
–¡Es verde el dragón!
–¡Es monstruoso, puede ser peligroso!
–¡Es un enviado! –añadió la mujer del boticario.
–¡Vendrá la televisión!
–¡Me voy a la peluquería!

MARZO DÍA 12

Antón, el dragón, escogió la Plaza Mayor para vivir porque,
aunque campeaba y callejeaba a su antojo, le atraía aquel
pilón barroco.
Qué triste se puso Antón, el dragón, cuando oyó:
–¡Van a venir más guardias del pueblo vecino
para que el dragón se vaya por donde ha venido!
–¡Es una injusticia –dijo doña Blasa–,
pero si este dragón sólo hace bien por donde pasa!

MARZO DÍA 13

A la mañana siguiente.
Salió el alcalde al balcón, con su cara blanca y su camisón; con su banda puesta y su banda de música a la izquierda; el bastón de mando en la mano y el puro en la boca...
–¡Música, maestro!
A trompetazo limpio despertaron al dragón Antón.
–¡Acérquese el acusado!
El dragón se acercó muy mosqueado.

MARZO DÍA 14

El dragón tosió, por el humo del puro del alcalde, y al toser se le escapó una bocanada de aire limpio y calentito.
–Perdón, yo echo humo puro, no impuro de puro; señor alcalde, no contamine...
–Escuche, señor dragón, sólo se puede usted quedar en este pueblo si tiene una profesión.
–Sí, señor, quiero borrar la mala conducta de mis antepasados, que eran unos voraces batracios, y como estoy harto de echar fuego, ¡quiero ser bombero!
–¿Sabe usted escribir?
–No, señor, eso no...
–¡Pues entonces no puede ser bombero!

MARZO DÍA 15

A la mañana siguiente...
En el pueblo hacía más frío que nunca.
La plaza del pueblo estaba desierta.
El agua del pilón era una pista de hielo.
El chorro del pilón estaba helado.
La nieve llegaba a los ventanos.
Los niños no fueron a la escuela.
Las mujeres no pudieron ir al mercado.
Los camiones patinaban y no arrancaban.

MARZO DÍA 16

Una ola de frío y de tristeza soplaba por el pueblo.
–No nos merecíamos a Antón, el dragón –lloraba el boticario.
El dragón se había ido por no molestar.
Caminando lentamente, ni despacio ni impaciente, el dragón
se dirigía hacia donde hubiera gente.

MARZO DÍA 17

Carretera adelante iba lloriqueando –que también los dragones lloran y mucho más que los cocodrilos– cuando, de pronto, giró sobre sus pasos y enfiló morro al pueblo.
Por donde pasaba llorando, la nieve se iba derritiendo; eran lágrimas ardientes, goterones como piscinas.
Y así llegó al ayuntamiento.

MARZO DÍA 18

El señor alcalde asomó los bigotes por el ventano.
–¡Déjeme quedar en el pueblo, señor alcalde! ¡Déjeme ir a la escuela! Yo aprendo a leer en dos días y usted me da colocación y me quedo en el pueblo de bombero y de calefactor; si hay fuego, lo apago; si hay frío, caliento. Los niños me quieren.
–Quédese, don Antón
–dijo el alcalde al dragón.
(Y creo que a la alcaldesa
le dio un soponcio y se quedó tiesa).
–¡Quédese, don Antón!
–volvió a decirle el alcalde al dragón.
Y se quedó.

MARZO DÍA 19

La pingüina en Granada

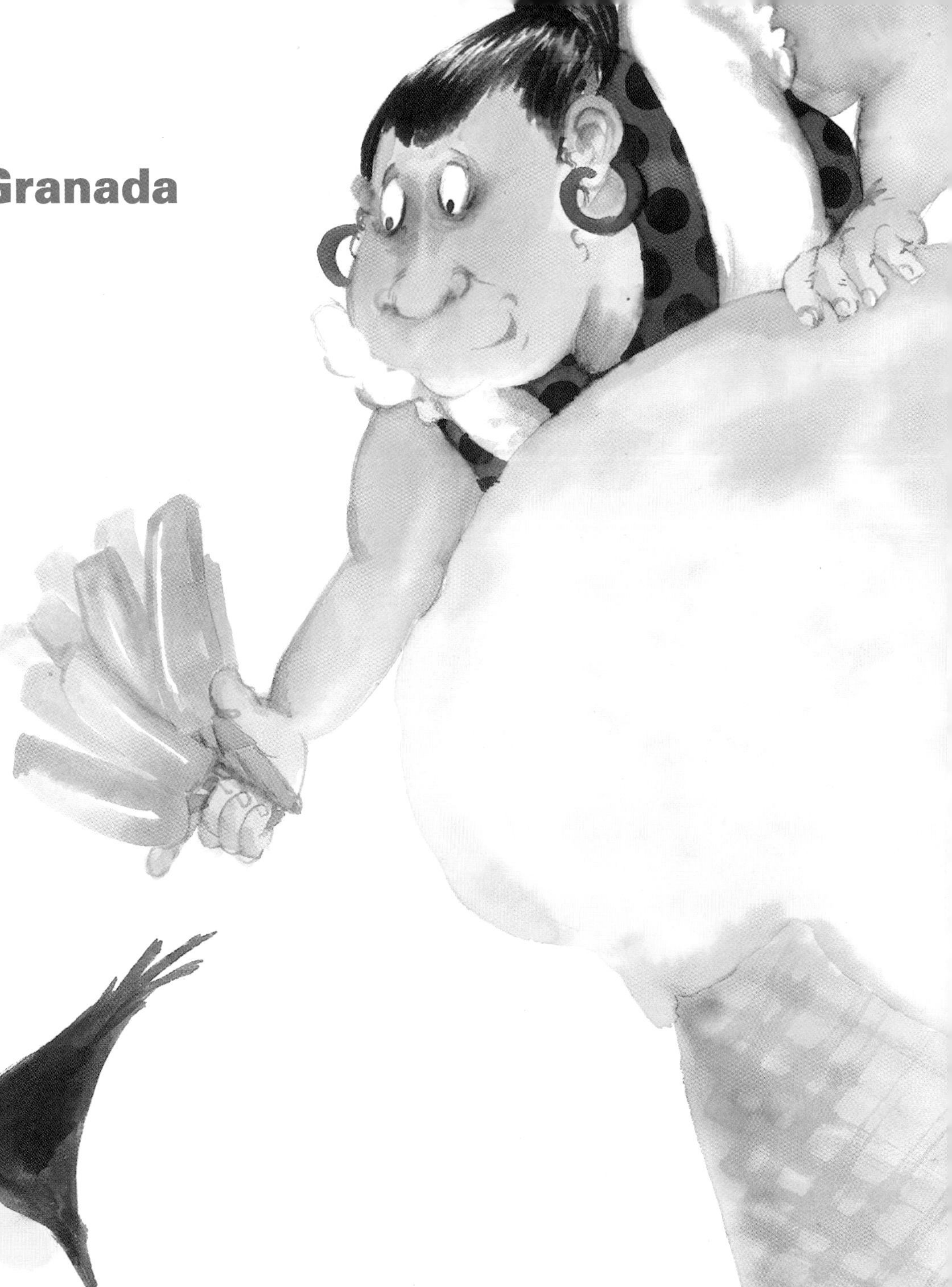

La pingüina
Marcelina
pasa calor
en la piscina.

En el Polo nació un día,
ahora vive en Andalucía.
¡Ay qué calor, qué calor!
(Que la trajo un cazador).
¡Ay qué calor, qué calor!

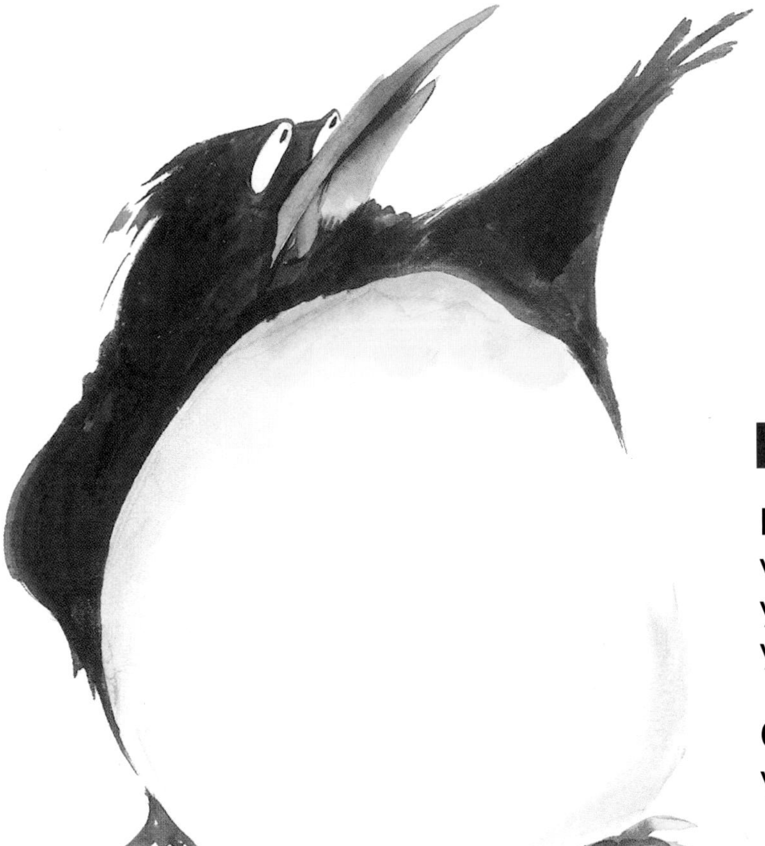

MARZO DÍA 20

La pingüina Marcelina
va al puesto de los helados
y se compró los de fresa
y todos los mantecados.

Compró hielo, mucho hielo
y lo metió en una cuba.

MARZO DÍA 21

La pingüina Marcelina
en la cuba se metió
y pidió lloriqueando
al dueño de un camión:

—Llévame a los montes altos,
ande, señor, por favor,
que en la piscina me muero
de calor.

MARZO DÍA 22

El camión lentamente
va subiendo la montaña,
más bella de toda España.

—Pare, señor, que esto es nieve,
ya no sudo, pare ya,
esto parece mi pueblo,
que Dios se lo pagará.

La pingüina
Marcelina,
feliz en Sierra Nevada,
desde entonces hay pingüinos
en Granada.

43

Miau y Guau

Miau era un gato que se llamaba Gato, pero le llamaban Miau, porque sólo sabía decir ¡miau!

Guau era un perro que se llamaba Perro, pero le llamaban Guau, porque sólo sabía decir ¡guau!

Gato Miau tenía un amigo también gato, pero le llamaban Marramiau, porque sólo sabía decir ¡marramiau!

–Mira, Marramiau –dijo Miau–, éste es Guau, el amigo de los gatos.

El gato nuevo dijo: «Marramiau» (que quería decir: mucho gusto en conocerle) y le dio la pata.

Siempre juntos,
dos gatos y un perro,
sin problemas ni sustos,
vivían a gusto...

Hasta que apareció Guaguau, el perro feroche, al frente de un grupo de perros ladradores.

–¡Ay, tú! ¿Qué hace un perro como tú junto a dos gatos esmirriados y piojosos?

–Estos gatos pertenecen a la pandilla de «los amigos de los perros».

–No me lo creo.

–Te lo creerás. Hemos firmado un papel los perros y los gatos para unirnos...

–¿Contra quién?

–Contra nadie –dijo Miau–, contra nadie con patas. Contra el hambre y el frío, contra los escobazos que nos dan y los laceros que nos acosan.

 (Laceros son unos hombres del ayuntamiento que cazan a lazo y matan a los perros sin amo).

MARZO DÍA 25

–No me lo creo –dijo el perro feroche,
mientras ladraba a un coche.
–Te lo creerás. Os invitamos esta noche. Traerás a todos los perros que puedas
encontrar. Vivimos en las afueras de la ciudad. Nos repartimos la comida y los
escondrijos donde dormir. Allí sólo hay gatos y perros que nos llevamos bien,
contentos y en paz. Mientras que en la ciudad, los hombres no se quieren, se roban
y, a veces, se matan; nosotros, los perros y los gatos, nos llevamos como
hermanos. ¡Guau!
–¡Guau, guau! –dijo Guauguau, el perro feroche, jefe de los perros antigatos.

MARZO DÍA 26

El blando corazón del perrito Guau ablandó el endurecido corazón del perro
Guaguau y sus compañeros –perros de distintas razas, edades y tamaños–
siguieron a Guau y a los dos gatitos hasta el pueblo de Gatiperruna, que estaba
cerca de una laguna, y parecía un paraíso silencioso donde no había hambre ni
autos.

Y gracias a Guau, el perro,
y gracias a Miau, el gato,
los animales sin amo
no se volvieron a llevar
«como el perro y el gato».

45

La gallina Kikirikí y su tío Kikirikó

La gallina Kikirikí y su tío Kikirikó picoteaban la tierra del corral tomando el sol.

–Tío Kikirikó, ¿quieres que te cuente el cuento de una parienta nuestra?

–Bueno.

–Era la gallina Kikirimango, que no ponía huevos en domingo...

–Sigue.

–El huevo de los lunes era más gordo, y tenía dos yemas...

–Y, ¿qué más?

–Pues que los amos de la gallina Kikirimango pusieron una granja y nuestra antepasada pasaba mucho frío y ponía muchos huevos,

> y cuando le daba la tos,
> ponía dos,
> y de uno de estos huevos,
> nací yo.

–¡Qué relato más hermoso, Kikirikí! –dijo su tío Kikirikó.

–Sí, hermoso pero tristón, porque ni yo ni mis mil hermanos conocimos a nuestra madre, éramos pollitos de granja. Yo me libre de aquella prisión, donde me esperaba lo peor, porque me cogió de la bandeja y me crió el hijo del portero y...pero ¿por qué lloras tío Kikirikó?

–Por nada, Kikirikí.

MARZO DÍA 29

La gallina Kikirikí viene saltando, casi volando, con un papel en la mano.

–Te veo muy alegre, Kikirikí –dijo su tío Kikirikó.

–Es que quiero que me corrijas.

–¿Que te corrija la alegría?

–No, que me corrijas esto que he escrito a la prima...

–¡Ah! ¿Tienes una prima gallinácea?

–Eso no tiene gracia.

–He inventado estos versos a la prima... ¡A la Primavera!

–¡Pero bueno! ¿No me digas, sobrina Kikirikí, que también eres poeta?

MARZO DÍA 30

–Se oye un pío pío,
junto a la orilla del río...

–¿Pero tú has escrito eso? Pues tienes muy buena pluma.

–Gracias, tío Kikirikó (la gallina Kikirikí, muy orgullosa, se acaricia la pechuga con un ala). ¡Buena pluma, tengo buena pluma! ¿Te leo la poesía entera?

–Venga.

47

MARZO DÍA 31

Gallina Kikirikí empezó a recitar con voz de huevo:

A la prima Primavera

Se oye un pío, pío pío,
junto a la orilla del río.
¡Oh, cosa maravillosa!:
los árboles tienen hojas,
la mariposa tiene ojos,
la ristra tiene ajos;
junto a la orilla del río,
se oye un pío pío.
La Primavera ha venido
y yo la he reconocido
por el pío pío pío.

–¿Qué te ha parecido, tío?
–Demasiado pío pío.

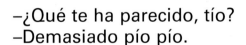

48

Cerdito, mosquito y chivito

Un cerdito,
muy peladito.
–¿Quién le peló?
–El peluquero.

Un mosquito,
muy chiquitito;
con un bigote
como un plumero.

ABRIL DÍA 2

Un chivito,
muy delgadito,
sólo comía
flor de romero.

Un cerdito,
un mosquito
y un chivito
en el sendero.

49

El patito mágico

El pato Garabato
era muy guapo,
pero siempre estaba de mal humor y a todo decía no...
Y al arrugar la frente, se le juntaban los ojos,
y al enfadarse se le arrugaba el pico
y el patito guapo se volvía feo.
Un día llovía y llovía, y así se pasó todo el día.
La lluvia y el fuerte viento arrastraron al patito río abajo,
y aunque el patito sabía nadar, no le valió de nada...

Al otro día por la mañana, una niña encontró al patito entre unas piedras de la orilla. Le cogió y le secó con su jersey.
–¿Qué te pasa, pato? –preguntó la niña.
–Que estoy de mal humor y tristón.
–Sí, tienes mala cara, pareces un pato mareado.
¿Cómo te llamas, pato?
–Me llamo Garabato.
–Pues, ponte alegre, Garabato, porque un pato triste es un triste pato.
¿Quieres jugar un rato?
–Bueno. Porque me has salvado la vida.
–No, sólo te he secado.
–Me has salvado la vida porque me has quitado el mal humor y, a cambio, ¡arráncame una pluma!
–¡Pero pato!
–Sí, obedece, arráncame una pluma del ala izquierda, llévala siempre contigo, y cuando desees una cosa, escribe con esa pluma la cosa que desees y el deseo será atendido.

50

ABRIL DÍA 5

La niña se fue a su casa y casi no podía creer lo que había sucedido.
La niña escribió con la pluma del pato: cuentos,
y apareció una biblioteca.
La niña escribió con la pluma del pato: bicicleta,
y apareció una bicicleta.
La niña escribió con la pluma del pato: raqueta,
y apareció una raqueta.
La niña escribió con la pluma del pato: galleta,
y apareció una caja de galletas.
La niña escribió con la pluma del pato: poeta,
y apareció Gloria Fuertes.

Rabicorto y orejudo

No bebe vino el elefante,
pero lleva una «trompa» constante.
El elefante,
de la selva emigrante.

Ahora vive en el zoo
solo, sin acompañante.
El elefante, gordo pero elegante.

ABRIL DÍA 7

Es pacífico,
no lucha
y con su trompa
se ducha.

Rabicorto
y orejudo,
para acordarse de algo
se hace con la trompa un nudo.

52

La golondrina que comía potitos

Mi amiga Jenny,
en una acera de la ciudad,
encontró una golondrina
de pocos días de edad.
Como caída del cielo
no, como caída del nido.
La golondrina no sabía volar.

En una caja de zapatos
le hizo un nido-cama,
con calcetines de lana.

La golondrina no vuela.
La golondrina no bebe.
La golondrina no da saltitos.
La golondrina sólo come potitos.

La golondrina está triste y hosca.
Yo dije a Jenny
que le diera moscas.

Un día la bañó
y la secó con el secador del pelo.
¡La golondrina
subió al cielo!

El perro que no sabía ladrar

Cojeando un poquito de la pata izquierda, por culpa del último coche que le atropelló, iba el perro tranquilo por la calle, cuando pasó por una puerta muy grande y oyó que le llamaban por su nombre:

–¡Chucho! ¡Chucho, toma! ¡Ven aquí!

Chucho fue corriendo, como siempre que le llamaba alguien, y moviendo el rabo en señal de alegría se acercó confiado.

ABRIL DÍA 12

El señor que le había llamado habló con otro y, al momento, le metieron en una gran nave, le pusieron agua en una lata y comida en un papel y allí dejaron encerrado al perrito.

El suelo estaba lleno de viruta, Chucho hizo un montón en un rincón y se acostó.

–¡Bueno! –dijo el perro–, aquí por lo menos estoy calentito y, si tengo suerte, me cogerán cariño...

La nave era un almacén de maderas sin luz y sin más diversión que algún ratón que salía a pasear de vez en cuando.

Una noche, el perro Chucho oyó ruidos y pasos y se puso muy contento porque volvía a ver personas.

Las personas que entraron no le hicieron ni caso; eran dos hombres muy nerviosos que estuvieron cogiendo tablones de madera y sacándolos por el tragaluz (por una ventana que había en el techo que se llama tragaluz).

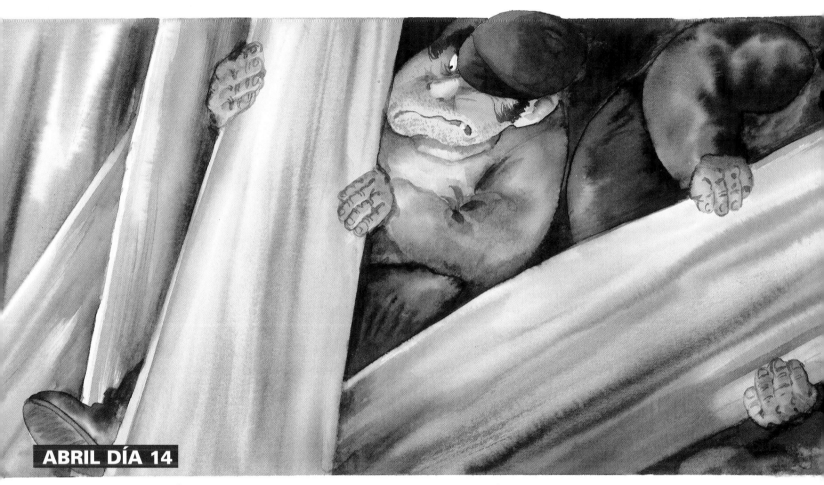

ABRIL DÍA 14

El perro se quedó muy triste porque ni siquiera le habían dirigido la palabra, dejó de mover el rabo e intentó dormir.

Al día siguiente el perro se enteró, por el ratón, de que los que entraron eran ladrones.

Pasaron unos días y no pasó nada nuevo.

Pero otra noche, que Chucho estaba algo malito –porque no comía y sólo bebía agua–, volvió a oír pasos y a ver sombras.

–¡Ladrones, ladrones! ¡Qué ilusión! –Y el perro empezó a saltar y a lamerles las botas por si esta vez le caía alguna caricia.

Nada de nada, los ladrones robaron muy deprisa y tampoco hicieron caso al perro.

A las pocas horas entraron los dueños del almacén y en vista de que les habían robado dos veces y de que el perro no valía para guardián y ni siquiera sabía ladrar, le pusieron de patitas en la calle.

Y ahora, voy a copiaros una carta que he recibido de este perrito.
Queridos niños: Ahora que estoy en el paro –sin trabajo– he aprendido a ladrar.
Sigo sin cariño y sin casa. Niños, si me queréis «colocar», estoy en el Perriorfelinato de Barajas, Madrid, mis señas son:

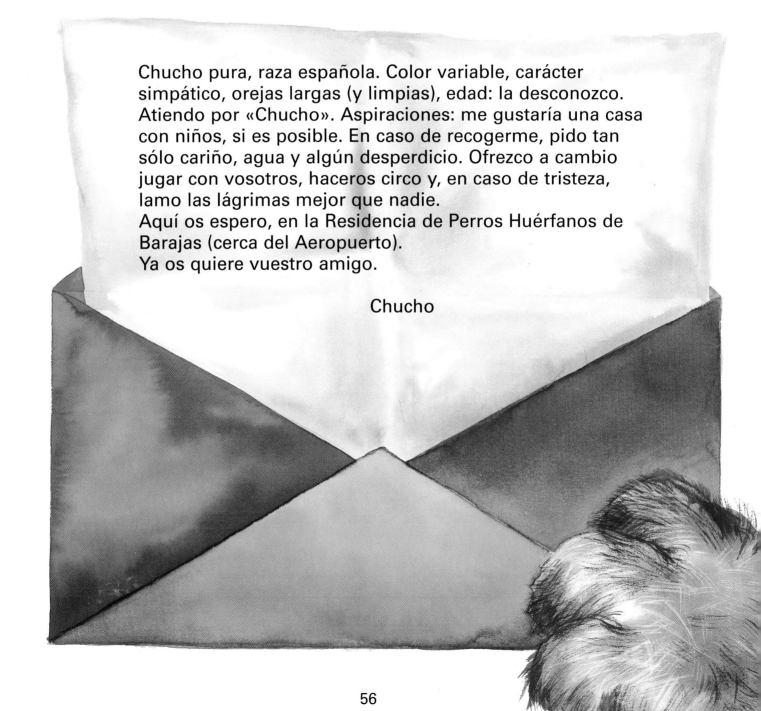

Chucho pura, raza española. Color variable, carácter simpático, orejas largas (y limpias), edad: la desconozco. Atiendo por «Chucho». Aspiraciones: me gustaría una casa con niños, si es posible. En caso de recogerme, pido tan sólo cariño, agua y algún desperdicio. Ofrezco a cambio jugar con vosotros, haceros circo y, en caso de tristeza, lamo las lágrimas mejor que nadie.
Aquí os espero, en la Residencia de Perros Huérfanos de Barajas (cerca del Aeropuerto).
Ya os quiere vuestro amigo.

Chucho

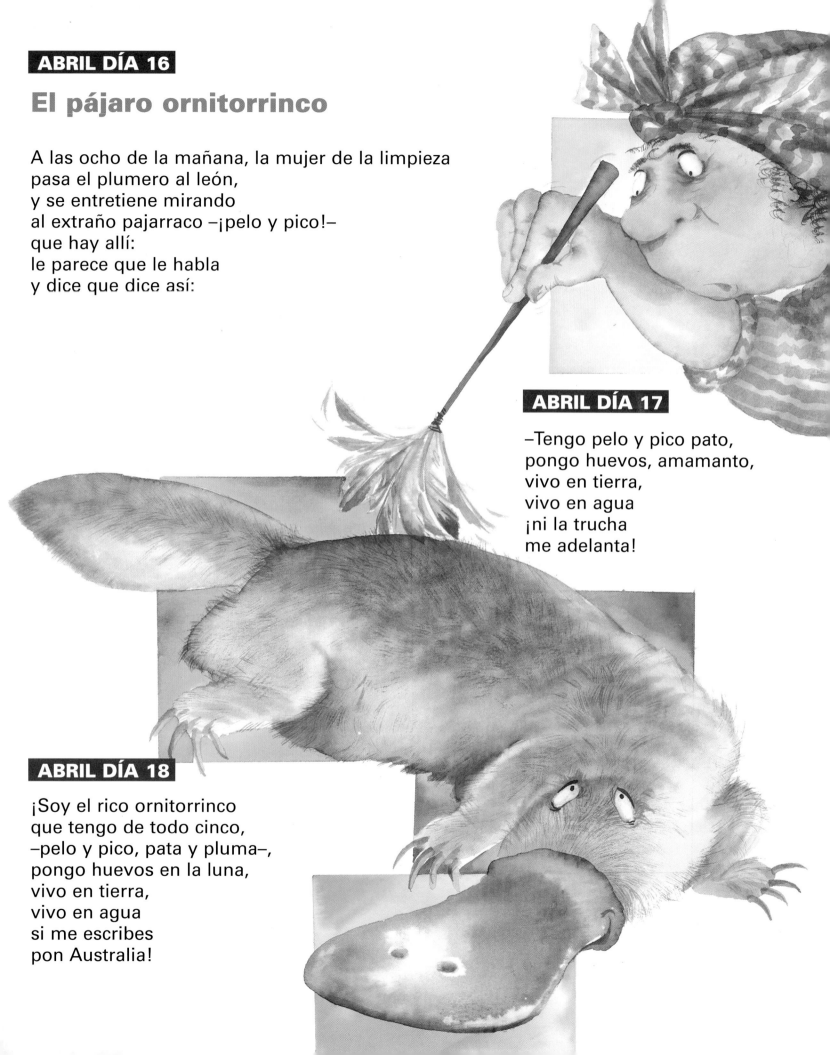

ABRIL DÍA 16

El pájaro ornitorrinco

A las ocho de la mañana, la mujer de la limpieza
pasa el plumero al león,
y se entretiene mirando
al extraño pajarraco –¡pelo y pico!–
que hay allí:
le parece que le habla
y dice que dice así:

ABRIL DÍA 17

–Tengo pelo y pico pato,
pongo huevos, amamanto,
vivo en tierra,
vivo en agua
¡ni la trucha
me adelanta!

ABRIL DÍA 18

¡Soy el rico ornitorrinco
que tengo de todo cinco,
–pelo y pico, pata y pluma–,
pongo huevos en la luna,
vivo en tierra,
vivo en agua
si me escribes
pon Australia!

El toro que no sabía torear

El toro se llamaba «Polvorón» y el torero «El Lechuga».
El toro nació y se crió en el campo.
El Lechuga nació y se crió en el campo.
El toro tenía tres años, era un novillo.
El torero tenía quince años, era un novillero, porque hacía novillos
en el colegio y porque los niños que quieren ser toreros se llaman
también así, novilleros.
Su tío, el Pitorro, que fue el que se empeñó en que el niño
fuera torero, le enseñó a manejar la capa y a ensayar con
los perros, cabras y vacas del pueblo.

Aquella mañana le dijo el tío Pitorro:
–Oye, Lechuga, hoy te voy a enseñar a andar con la muleta.
–¿Con la muleta? ¡Pero tío, si aún no estoy cojo!
–Déjate de bromas, niño, mira, observa, aprende… Cuando se acerca el toro a la
muleta que tienes desplegada en tus manos, tú la levantas y el toro pasa.
–Y si no pasa, ¿qué pasa?
–Tú mueves la tela roja y le llamas por su nombre; si embiste bien, tú giras tu
cuerpo para que el toro siga con el hocico a la muleta y nace el pase «redondo» y
nace el aplauso y las palmas echarán humo. También puedes torear de rodillas y de
espaldas y… vamos a seguir ensayando…
Así dos años de clase.

Llegó el día señalado. Los carteles anunciaban:
Sensacional revelación,
«El Lechuga»,
el niño matador.
–Ay tiíto, tío, que quiten eso de «matador», con ese adjetivo no toreo yo.
Y el tío Pitorro no tuvo más remedio que cambiar el cartel y poner:
«El lechuga»
¡niño torero!

ABRIL DÍA 22

Llegó la hora de la corrida.
La plaza estaba llena.
El ruedo vacío.
El Lechuga escondido, arrugado, entre las tablas, temblaba dentro de su traje de luces apagadas y de talle grande –porque era de su tío.
Suena el clarín.
Sale el toro del toril.
El toro era más alto que El Lechuga
y tenía más cuernos que la luna.
El toro se paró en el centro, era una mancha negra sobre la rubia arena de la plaza.
–¿Por qué estoy aquí? –se preguntaba el toro–, con lo tranquilo que estaba yo en la dehesa esa… ¿Por qué estoy aquí si yo no sé torear?

El silencio de la plaza se rompió con el grito del tío Pitorro que
toreaba también, como peón (ayudante) del chiquillo.
–¡Venga niño! ¡Sal con salero! ¡Empieza la faena!
–Es que... tío, tiíto... es que... tirito, tengo frío. Co, co, colóquemelo
al sol.
El tío Pitorro da unos pases con el capote al toro y le deja en el sol.
–¡Anda, salao, hazle eso que sabes!
El torero tiembla, suda y vuelve a ordenar.
–¡Tío, colóquemelo en la sombra!
Tío Pitorro le da al toro con la capa en el morro y se lo lleva otra vez
a la sombra.

ABRIL DÍA 24

Por fin el niño torero muy despacito se va acercando al toro. El toro echa a correr,
El Lechuga corre tras él.
El toro regatea y corre y corre.
El Lechuga tras el toro, corre y corre.
–¡Esto si que es una verdadera corrida! –grita un aficionado.
El silencio en la plaza es emocionante. Más de diez mil cabecitas están pendientes
de El Lechuga.

ABRIL DÍA 25

Por fin el toro dejaba de correr, más por cansancio que por toro bravo.

El Lechuga le cita. El toro parece decir, que no puede ir.

El toro Polvorón da la espalda al torero. El Lechuga se ha colocado detrás del bicho y con gran estilo, arte y gracia, eso sí, inicia un pase, pero el toro no pasa. El toro se da la vuelta y da al torero con el rabo en las narices.

El Lechuga busca a su tío con la mirada y con la voz.

–¡Tío, tiíto!

El tío le grita:

–¿Dónde te lo coloco ahora, calamidad?

–Donde yo no lo vea.

–De eso nada, toma la espada y termina de una vez.

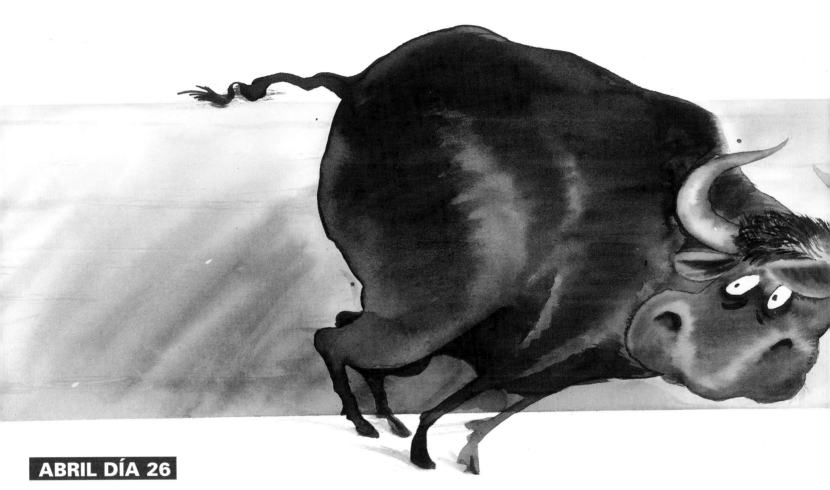

ABRIL DÍA 26

El Lechuga se acerca al toro Polvorón, espada en ristre.

El toro recula.

El Lechuga mira al toro y dice en voz baja:

–¡Qué guapo es este toro! ¡Cómo le brillan el pelo y los ojos! Y qué ricitos tiene en la testuz (entre los cuernos)… ¿Y para qué tengo que matarlo si no ha hecho nada malo? Y aunque lo hubiera hecho…

Mientras, el toro, también mirando a El Lechuga, decía casi lo mismo.
–Pero ¿por qué tengo que embestir y hacer daño a esta criatura? ¿Y por qué esta criatura me tiene que matar si yo no he hecho nada malo, si no me conoce de nada? ¿Por qué me quiere atacar si él pesa cuarenta kilos y yo cuatrocientos, si él sólo tiene una espada en la mano y yo dos sobre la frente? Este niño es un inocente. ¿Y por qué estoy aquí si yo no sé torear?
–Eso digo yo. ¿Por qué estoy aquí si yo no sé torear? –decía El Lechuga.

ABRIL DÍA 28

En ese momento una lluvia de almohadillas, botes, pitos y gritos, caía sobre el toro Polvorón y el torero Lechuga, y de pronto, se volvió a repetir la «corrida». El torero quería «coger» al toro y el toro huía del torero, y así dieron dos o tres vueltas a la plaza y la «corrida» se convirtió en carrera de atletismo (que no es lo mismo).

El toro se fue por donde vino y se echó a dormir junto a la puerta de chiqueros, por donde había salido.

El Lechuga corrió a esconderse en un burladero, a esconderse y a protegerse de las furias de la gente.

El tío de El Lechuga se tiraba de los pelos.

El dueño del toro se tiraba de los bigotes.

Y El Lechuga no se tiraba de los bigotes, porque aún no tenía.

El público sí se tiró al ruedo, querían comerse crudos al toro y al torero, hasta que aparecieron los guardias y protegieron con sus escudos a El Lechuga, sacándole en hombros...

ABRIL DÍA 30

Al toro que no sabía torear, acurrucado entre tablas, se le oyó decir:

–¡Qué animales!

Al tío de El Lechuga se le oyó decir entre tacos:

–¡Qué calamidad de sobrino, qué calamidad!

A El Lechuga, mirando al toro con cariño, se le oyó decir entre lágrimas:

–¡Polvorón! ¡Te iré a ver al campo, seremos amigos!

MAYO DÍA 1

La hormiga y su amiga

La amiga de la hormiga
no era otra hormiga
era una niña mendiga.

La niña mendiga
no tenía nada,
más que un corazón
que se lo pisaba.

MAYO DÍA 2

La niña mendiga
se llama Marieta.
Soñaba ir al «cole»,
tener bicicleta.

Se iba al parque pronto
con sus pies descalzos
y un viejo sombrero,
se sentaba cerca
del gran hormiguero.

MAYO DÍA 3

Allí estaba su amiga.
Y Marieta contenta
le daba una miga
del pan de su cesta.
La hormiga en una hoja
                    (de árbol)
escribió: Te quiero.
Y con la miga de su amiga
se fue feliz a su hormiguero.

Canción del gato y del niño

Lo importante de un gato
es que cumpla sus funciones
–no que sea blanco o negro–,
sino que cace ratones.

MAYO DÍA 5

Lo importante de un niño
no es que sea un empollón
y recite como un loro
sin entender la lección.

El erizo cariñoso

–Y dígame, señor erizo,
¿usted qué hizo?
¿Usted qué hizo, para resultar tan feo y antipático?
–Eso digo yo, paisano,
que tengo el corazón como un piano,
necesito amigos y cariño,
y cuando me viene a acariciar un niño,
le pincho sin querer,
y huye. Mi destino es vivir solo,
y me aburre vivir solo,
y si un día me pongo malito,
¿quién me cuida?

(El erizo se eriza).
–¿Qué culpa tengo yo de que mis pelos pinchen?
Donde vivo, en el campo, hay pocos erizos, y los pocos que somos,
tampoco nos llevamos bien,
cuando nos acercamos,
nos pinchamos,
–parecemos humanos.
Si algún niño me llevase a la ciudad, yo pediría que me cortasen las púas.
–Pero sin púas no parecería un erizo.
–No me importa parecer otra cosa con tal de que alguien me quiera.

MAYO DÍA 8

El sueño del erizo se hizo.
Se hizo realidad cuando unos niños que iban de excursión encontraron al erizo,
junto a un árbol, hecho un ovillo.
–¡Uy qué bicho! –dijo un niño.
–No es un bicho es un erizo –dijo otro.
–No se mueve.
 (El erizo se hacía el muerto).

MAYO DÍA 9

Un niño se puso los guantes de lana e intentó cogerle. El erizo un gran esfuerzo
hizo, para que sus púas se quedaran quietas y los niños no se asustaran y se dejó
coger.
–¡Qué raro es!
–¡Sí, pero tiene un hocico muy gracioso!
–¿Nos lo llevamos a casa?
–Sí, sí, venga.

MAYO DÍA 10

Le metieron en una cesta
y el erizo se echó una siesta.
Al despertar, sintió un bienestar. Estaba sobre la mesa de la cocina, rodeado de niños que le miraban con cariño y le acariciaban el hocico con los dedos.
El erizo estaba tan nervioso y emocionado, que hizo un movimiento brusco y se sacudió como un perro mojado, después echó a correr y se le cayeron unos cuantos pinchos.
–¡Pierde púas! –dijo el niño.
–¡Qué pena, se va a quedar calvo! –dijo la niña.

MAYO DÍA 11

Al oír esto el erizo empezó a saltar, a dar botes
como una pelota peluda y a gritar.
–¡Me quieren como soy! ¡Me quieren como soy!
Claro que, estos grititos, no los oyeron los niños,
porque el erizo (como todos los animales) habla,
pero no les podemos oír.

MAYO DÍA 12

La araña y el pollo

–¿Qué haces ahí pollo frío
en la orillita del río?

–Yo me río con el río
que no para de correr,
me estoy haciendo una barca
con la cáscara de nuez.

–¿Me acompaña,
doña Araña?

–No, pollo, no sé nadar,
lo mío, sólo es tejer
todos los días del año,
yo vivo en ese castaño.

Y entre castaña y castaña,
se puso a tejer la araña.

MAYO DÍA 14

La gata Chundarata

Habla la gata:
Nací en Madrid, soy gata,
soy gata neta y nata;
mi comida es una lata
mi vida es una lata
–siempre meto la pata–
y nunca cazo rata;
y me gusta la nata,
aunque nunca mi hocico la cata.

MAYO DÍA 15

Empezaré hablándoos de mi familia.
Mi padre era un gato pardo,
mi madre, una gata fina
–yo nací con mis hermanos
en la cocina–.
Mi madre era atigrada,
muy atildada –de Valladolid–,
limpia y brillante.

MAYO DÍA 16

Mis padres además de guapos eran muy buenos. Una vez les dieron
una medalla y todo porque eran muy buenos.
Así me enteré que mi madre era Premio a la Natalidad.
–¿Qué sera eso de la nata...? –me dije–. Yo no entendía nada porque
aún no lo había probado.

70

MAYO DÍA 17

Por entonces, yo con mis hermanos, éramos lo menos treinta y tres gatitos vivos. Yo y mis treinta y dos hermanos íbamos al Colegio de doña Gatuna y llenábamos toda la clase.

El Colegio estaba en el hoyo o terraplén de un solar rodeado de casas muy altas y de un árbol pachucho que ni tenía pájaros ni nada.

Íbamos al Colegio por la noche –clases nocturnas–, porque de día los chicos del barrio nos traían fritos y no nos dejaban estudiar ni parar...

¡Es muy difícil ser gato en una ciudad!

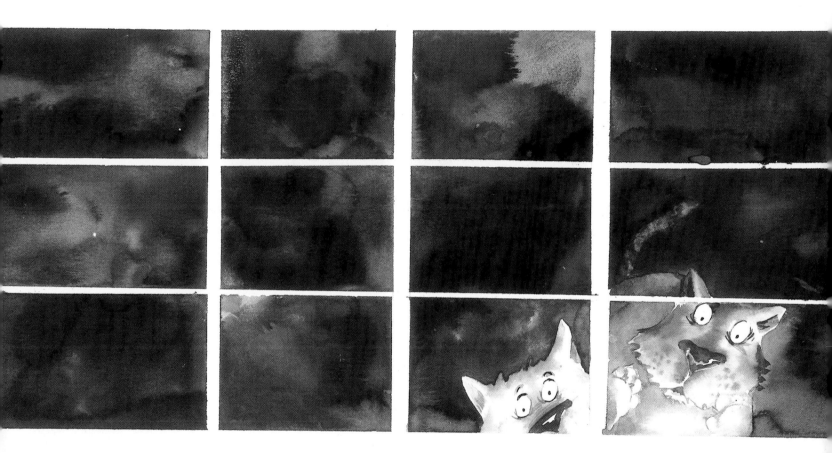

MAYO DÍA 18

Una noche, mi hermano Bigote y yo íbamos jugando a «saltar de ventana a balcón» cuando... oí una música muy triste. Miré desde el cristal y vi una sombra que tenía hipo.

–¡Mira, bigote, ahí vive un niño gigante!

Mi hermano me dijo:

–No es un niño gigante, es un señor.

–Es un niño. ¿No ves que está llorando?

–También lloran los señores, Chundarata.

MAYO DÍA 19

Chundarata se coló por el resquicio de la puerta.
–¿Qué te pasa? –le preguntó.
–Que estoy solo.
–Pero... ¿por qué lloras?
–Estoy solo.
–¿Estás malo?
–Estoy solo.
Chundarata salió de estampida, quiero decir corriendo, más bien volando maullando, gritando:
–¡Bigote! ¡Sígueme! ¡Tengo una idea!

MAYO DÍA 20

Al poco rato,
la terraza del señor triste
se llenó de gatos.
¡Treinta y tres gatos! Más, porque también vinieron los padres, Mamagata y Papagato, y la abuela Albina –que aunque no estaba para muchos trotes, no quiso dejar de ir–, más los gatos recién nacidos, que llevaron como pudieron las hermanas casadas, sobrinos recientes de Chundarata.

MAYO DÍA 21

Empezó el orfeón gatuno.
Los gatos rompieron a maullar muy bajito canciones folklóricas, tales como:
«Sal al balcón,
sal al balcón,
mi querida mariposa...»
El hombre triste oyó, escuchó... miró. Se restregó los ojos y no sabía qué hacer, si saltar por la terraza o llamar al médico.

MAYO DÍA 22

Los gatos seguían cantando, seguía el orfeón y el hombre triste, desesperado, abrió el balcón y... se le llenó toda la casa de gatos.
Chundarata y Bigote saltaron a hacerle cosquillas en el cogote.
Los demás gatos invadieron sofás, cornisas, cojines, repisas...

MAYO DÍA 23

Gata Chundarata se plantó entre los pies del hombre triste y le dijo mirándole rabitiesa:
–Bueno, ¿qué? ¿A que ya no estás solo?
Y el hombre triste dejó de estar solo, y el hombre solo dejó de estar triste, gracias a la gata Chundarata.
Y la amistad reinó entre ellos.

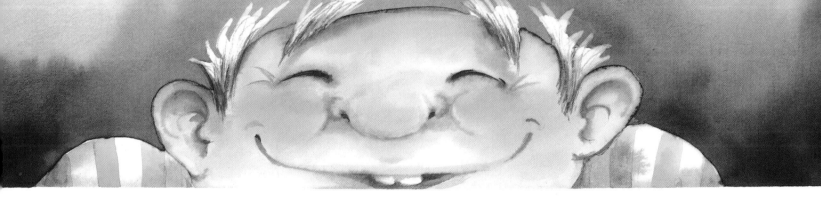

MAYO DÍA 24

El hombre triste no contestó, como si fuera mudo, pero contestó cambiando de cara; se puso una sonrisa de oreja a oreja y un gorro, desfrunció las cejas, se fue a la cocina, y empezó a abrir latas: calamares, sardinas, y nos llenó todos sus ceniceros de leche.

El espantapájaros

El espantapájaros
era un hombre de palo,
estaba hecho con tres palos, así...
No llevaba zapatos,
pero llevaba guantes,
pantalones viejos
y tirantes.
Chaquetón descosido,
sombrero raído (con una flor).
Tenía una nariz larga, de madera,
y el pelo rubio de estropajo.
Sabía silbar.
–Ahí te quedas, espantapájaros.

Le pusieron para espantar a los pájaros, en el centro de una huerta.
–Si a mí me gustan las aves, ¿por qué las voy a espantar?
El espantapájaros silbaba
y todos los pájaros venían a picar el maíz
y a posarse en su nariz.
También venían los niños y jugaban a su alrededor,
le nombraron su amigo, le cogieron cariño,
como a un nuevo Pinocho.

MAYO DÍA 27

Una mañana llegó el campesino para dar una vuelta por su huerta
y una nube de pájaros cantores salió a recibirle.
El campesino, viendo lo que vio,
dijo con mal humor:
–¡Este espantapájaros es un espantajo!
No vale para lo que ha sido creado. ¡Fuera!
Lo arrancó del suelo como a un arbolito y lo lanzó lejos de la huerta.

MAYO DÍA 28

El espantapájaros se quedó solo en medio del campo.
El espantapájaros se puso a cantar.
Se puso a cantar porque no se quedó solo,
tenía un nido de pájaros en el corazón.

A mi gato le gusta la tele

A mi gato le gusta la televisión,
los anuncios más que nada
y los programas de humor.
A mi gato le gusta la televisión.

Y cuando sale una guerra,
o cuando sale un tostón,
pega un salto, bufa un poco
y se esconde en el balcón.

Cuando sale un rollo intelectual,
le sienta fatal,
da un salto, se va al pasillo,
mira al reloj y lanza un maullido.

¡Pobres niños! ¡Qué pestiños!
–dice cuando sale un programa
infantil–,
pega un salto y se echa a dormir.

La verdad es que lo que más le gusta
a mi gato
es la leche en el plato.

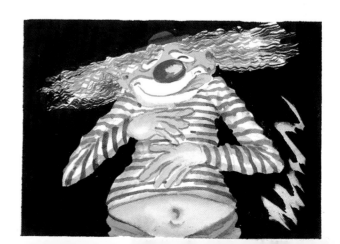

Los animales de la casa encantada

Sucede que en la cocina,
mientras duerme la muchacha,
un ratón salta en la harina
y aplaude una cucaracha.

Mosquitos en la ventana,
tocando sus trompetillas,
y entre la ropa de lana
se arma un baile de polillas.

JUNIO DÍA 2

¡Cuidado con levantarte,
si a media noche en la cama,
te tira del camisón
la señora doña rana!

Y si quieres ser bombero,
no te duermas por la noche,
por si el burro del trapero,
viene a buscarte en su coche.

Sucede que en la cocina,
mientras duerme la muchacha,
un ratón salta en la harina
y aplaude una cucaracha.

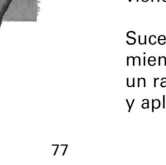

77

Roelibros

Roelibros era un ratón intelectual, se «comía» los
libros como rosquillas.
Roelibros era un ratón,
con blanco delantal
y blanco pantalón.

Como era muy listo, en la escuela la maestra le puso el primero en la primera fila
de pupitres. Pero, como raro era el día que sus compañeros no le pisaban el rabo,
la maestra le tuvo que poner el último en la última fila. Roelibros lloraba
amargamente, mientras roía su lápiz, para sacarle punta. El ratón, como sabía que
era listo, quería llegar a ser inteligente. Se comía un librito al mes y un cuaderno a
la semana.

Se fijaba tanto, hacía que «leía» tanto, que a los tres meses de edad, lo tuvieron
que poner gafas y le dieron una beca (dinero para pagar sus estudios) en
Ratilandia.
La nueva escuela era la vieja biblioteca de la ciudad.
Las ratas eran gordas e incultas como vacas.

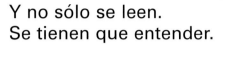

JUNIO DÍA 6

Roelibros seguía «comiendo» libros y no notaba nada. No veía que su cultura creciera. Solamente le dolía la tripa de tanto comer páginas... Hasta que se le apareció Paki, la rata sabia, y le dijo:
–Los libros no se comen, se leen.
Y no sólo se leen.
Se tienen que entender.

JUNIO DÍA 7

El ratón Roelibros abrió mucho los ojos, estiró mucho las orejas y dijo a la rata sabia:
–No te vayas, rata sabia. ¿Quieres ser mi maestra? Enséñame a leer, enséñame a entender.
Paki, la rata sabia, dijo que bueno...

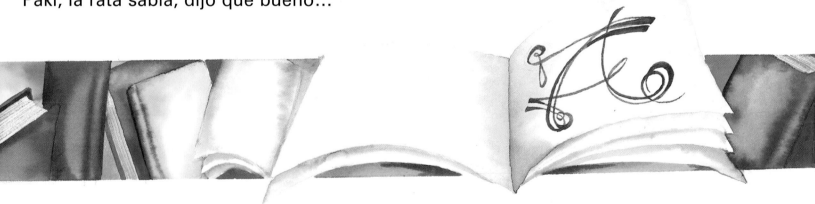

JUNIO DÍA 8

Y el ratón Roelibros no dejó de ser un ratón de biblioteca pero, ahora no roía los libros, los estudiaba y los entendía y llegó a ser como un niño aplicado.
Tener una rata sabia por maestra da muy buen resultado.

JUNIO DÍA 9

La pulga y el ratoncillo

Una pulga saltando
rompió un ladrillo.

La pulga merendaba
pan y membrillo.

Se puso gorda y fuerte,
y se marchó del pueblo
a buscar suerte.

JUNIO DÍA 10

La pulga regordeta
dio un salto imponente,
y aterrizó en la playa
a picar gente.

Picar, picaba,
pero el sol de la playa
le puso mala.

JUNIO DÍA 11

Pasó un chiquillo,
comiendo un barquillo,
y la pulga saltando,
se metió en su bolsillo.

Vivía el chiquillo,
en un viejo castillo
y la pulga saltando
rompió un ladrillo.

JUNIO DÍA 12

Se fue el verano,
vino el frío,
y el castillo quedó vacío.

Quedó sola la pulga,
con los fantasmas
y como los fantasmas
no tienen carne,
la pulga tenía hambre.

JUNIO DÍA 13

Pasó un ratón,
y le dijo la pulga: –Por favor,
¿me deja…
vivir en su oreja?
–Salta, pulga,
–dijo el ratoncillo–.
La pulga saltó,
el ratón saltó
y rompió un ladrillo.

El perro Picatoste

Esto era un perrito y una pulga. El perro se llamaba Picatoste y la pulga, Pulga, pero la llamaban Pedrita.

La pulga saltaba una pulgada,

cada vez que su madre la dejaba.

_¡Qué mala suerte tengo! –dijo la pulga–. Yo no sé si saldré de ésta. Más hambre tengo que los pavos de Benito, que se comían la vía a picotazos.

(La pulga Pedrita se miró en un charco).

–¡Mi madre, qué espantajo! Si levantara la cabeza mi madre pulga y me viera canija como una liendre...

JUNIO DÍA 15

La pulga Pedrita iba andando andando, mejor dicho, saltando, saltando... casi iba llorando llorando, cuando... ¡vio un letrero!: Exposición canina.

–¡Esta es la mía! –exclamó la pulga hambrienta.

JUNIO DÍA 16

Echó carrerilla y usó todas las fuerzas que le quedaban para saltar la valla, y, vaya, que no creía lo que veía.

¡Comedor gratis al aire libre! ¡Variedad de platos para escoger! ¡Perritos calientes y vivos de todos los tamaños y lanas!

JUNIO DÍA 17

No anduvo pensándolo mucho. Aparcó en la primera jaula. El inquilino de la jaula era un perro negro, alto, bien plantado, bien parecido a su padre, de aspecto apacible, que observaba todo con aire triste desde la tela metálica.
Al cuello le colgaba una medalla que decía: «Me llamo Picatoste. Soy caniche. Tengo dos años».

JUNIO DÍA 18

La pulga recorrió todo el peludo litoral de Picatoste y, por fin, se instaló en mitad de la espalda, donde ni patas ni orejas podían impedirle picar y ponerse como el Quico. La pulga Pedrita fue feliz durante horas, quizás días. También el perro Picatoste estaba más entretenido –rasca que rasca– aunque rascaba por donde no era, como un mal tocador de guitarra.

JUNIO DÍA 19

Después de «comer», pulga Pedrita se iba a dar una vuelta por la Exposición canina para estirar las patas y dejar dormir la siesta a gusto a su protector. En sus recorridos por el recinto, lugar de la Exposición, vio perros y perros de todos los tamaños, colores y pelambres.

JUNIO DÍA 20

Estuvo tentada de «probar» un galgo cómodo que le ofrecía muchas posibilidades para el camuflaje o escondite, porque una pulga se puede esconder muy bien entre los pelos largos de un galgo ruso. Pulga Pedrita preparó el salto... pero al fin decidió que no. Sería un galgo muy galgo, muy ruso y muy caro, pero su cara era de pescado triste; tenía cara de aburrido.

–¡Bah, para mí –dijo la pulga– todos los perros son iguales, pero sólo uno es mi Picatoste!

JUNIO DÍA 21

No, no eran todos los perros iguales para los señores que tenían que dar los premios a los perros más guapos, más puros, más peinados, más de raza fina o cara. (Lo de la raza-cara no consistía en que el perro tuviera una cara bonita, simpática, graciosa –¡qué va!– porque los «raza-cara» eran los perros más feos, antipáticos o raros, quitando los fox-terrier, los lobos, los caniches y los setter).

JUNIO DÍA 22

He de deciros que pulga Pedrita no sabía si su Picatoste era caniche o qué, sólo sabía que le había cogido cariño y que, además, era guapo. Y después de observar a todos los perritos que se presentaban al premio, pulga Pedrita volvió a decir:
–¡Bah!, como mi Picatoste ninguno.
Y tenía razón. Por algo, un día colgaron un cartel en la jaula:
«Picatoste, hueso de oro. Primer premio.»

JUNIO DÍA 23

Aquel día ni Picatoste ni la pulga pudieron estar tranquilos.
¡Qué aluvión! ¡Qué jaleo! ¡Qué alboroto!
La «tele», la radio;
fotos, caricias, piropos,
caían sobre Picatoste, que estaba «frito»; cien caras y
doscientos ojos les miraban sin parar de hablar...

JUNIO DÍA 24

Al día siguiente, peor aún; fue todo lo contrario. Sacaron a Picatoste de malos modales de la jaula y con él sacaron a pulga Pedrita. Unos señores, con manos torpes, regordetas y peludas, empezaron a tocar y a toquetear a Picatoste, como si entre sus rizos buscaran un tesoro.

Unos señores sólo decían: Sí, sí, sí...

Otros decían: No, no, no...

Y seguían hablando...

–¡Hay que meterlos en la cárcel! ¡Hay que detener a sus amos!

–¡Ay!, si este perro no tiene más amo que yo –lloriqueaba pulga Pedrita.

–¡Es un chucho vulgar!

–Lo de chucho, pase, pero lo de vulgar, nada –decía la pulga, pero no se le oía.

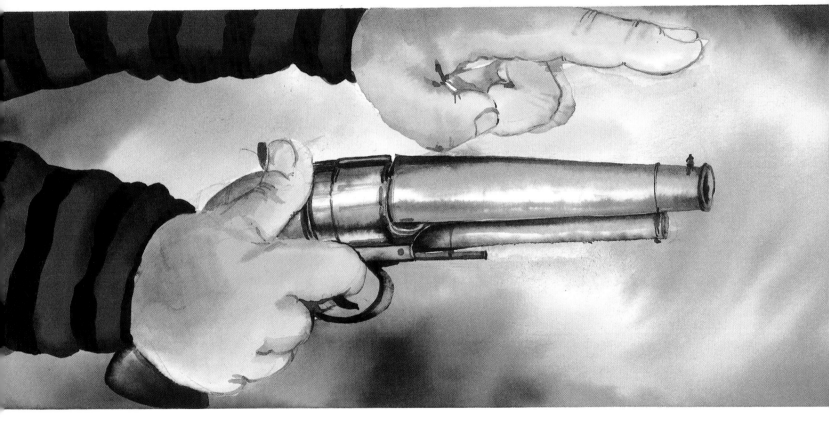

JUNIO DÍA 25

En esto, un señor con cara de pocos amigos y ojillos de malo de película sacó una pistola muy rara y apuntó al perrito Picatoste. Pulga Pedrita, muy asustada, batió el récord del medio metro libre varias veces, recorriendo la espalda de Picatoste de oreja a Rabo.

El señor de la pistola con cara de pocos amigos empezó a acariciar a Picatoste, pero se notaba que no, que no eran caricias de cariño, porque le acariciaba a punta de pistola, y le pasó el arma por la cabeza. Picatoste empezó a temblar.

JUNIO DÍA 26

Pulga Pedrita le daba palmadas en el lomo con las patitas para calmarle. ¡Pobre Picatoste! (El hombre de la pistola no le estaba acariciando; le estaba esquilando).
–¡Al cero! ¡El corte de pelo tiene que ser al cero! En el examen este perro merece un cero –decía un señor del jurado.

JUNIO DÍA 27

¡Ay! ¡Cómo le dejaron a Picatoste! Daba pena verlo. El hermoso caniche parecía una gamba de luto. Sin un pelo de pelo, desnudito, temblaba avergonzado. Con esa mirada triste que a veces ponen los perros y los niños pegados, Picatoste se despedía con una mirada de su único traje, el montón de rizos recortados y negros que sepultaban asfixiando a la pulga.

JUNIO DÍA 28

El hombre de la pistola seguía enfadado:
–¡Es un fraude, un hurto premeditado, estafa inicua, está claro! (Pero, para el perro, la pulga y los niños, que no entendieron esas palabras, no estaba nada claro).
Hablaron de llevar los pelos al laboratorio.
–¡Al laboratorio!

JUNIO DÍA 29

Al oírlo, pulga Pedrita se puso mala y con mucho esfuerzo traspasó la montaña de rizos cortados y saltó hasta esconderse dentro de la oreja de Picatoste.

–No te asustes, guapo –le dijo al oído–, que no nos pasará nada. No llores porque te hayan quitado el título; para mí, siempre serás ¡campeón de belleza! y nadie ni nada nos podrá separar. ¡Picatoste, soy tu pulga!

JUNIO DÍA 30

–¡No es caniche!

–¡Mirad las guedejas!

–¡Rizo falso!

_¡A este ratonero callejero le han hecho la permanente!

–¡Es un chucho vulgar!

–¡Lo de chucho, pase, pero lo de vulgar, nada! Mi Picatoste es el perro más gracioso y guapo del mundo –volvió a gritar, sentada en una caja, pulga Pedrita.

Pero nadie la escuchó más que su Picatoste.

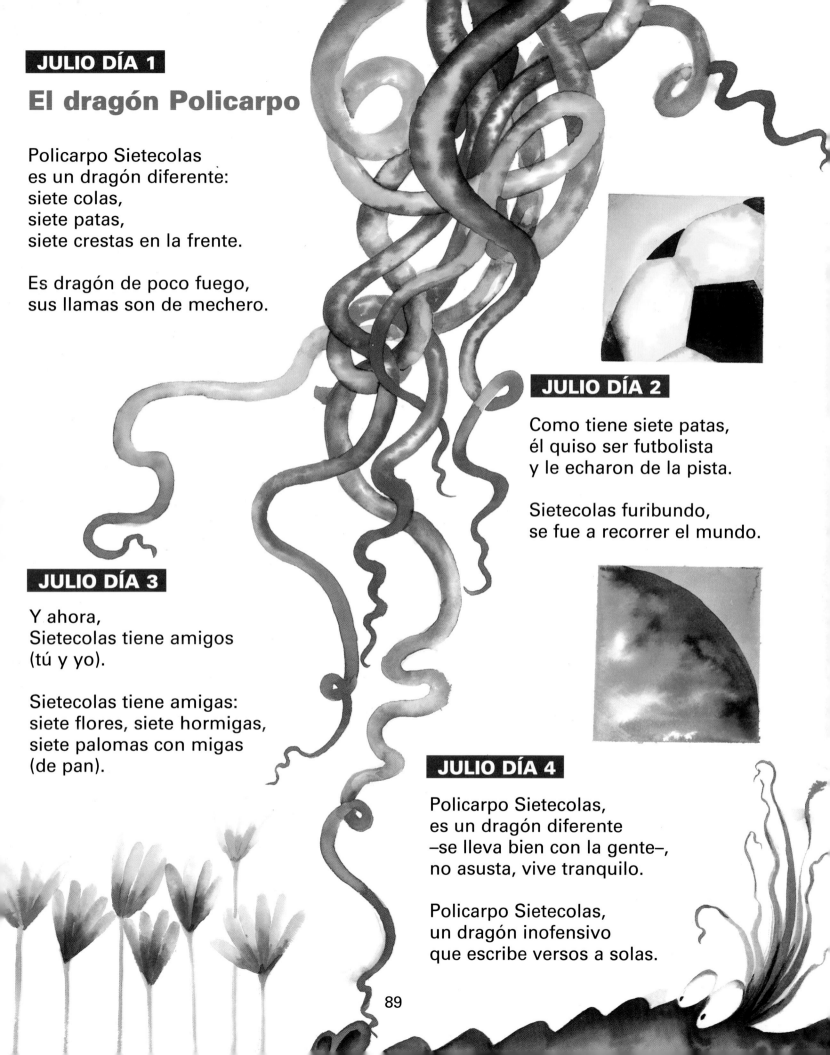

JULIO DÍA 1

El dragón Policarpo

Policarpo Sietecolas
es un dragón diferente:
siete colas,
siete patas,
siete crestas en la frente.

Es dragón de poco fuego,
sus llamas son de mechero.

JULIO DÍA 2

Como tiene siete patas,
él quiso ser futbolista
y le echaron de la pista.

Sietecolas furibundo,
se fue a recorrer el mundo.

JULIO DÍA 3

Y ahora,
Sietecolas tiene amigos
(tú y yo).

Sietecolas tiene amigas:
siete flores, siete hormigas,
siete palomas con migas
(de pan).

JULIO DÍA 4

Policarpo Sietecolas,
es un dragón diferente
–se lleva bien con la gente–,
no asusta, vive tranquilo.

Policarpo Sietecolas,
un dragón inofensivo
que escribe versos a solas.

89

JULIO DÍA 5

Diario de una mosca

Muy temprano me desperté. Volé un poco por el salón y aterricé en la calva de un señor. El señor me dio un manotazo y salí «mal volando».
Medio mareada, me posé en un plato de arroz con leche y me echaron.

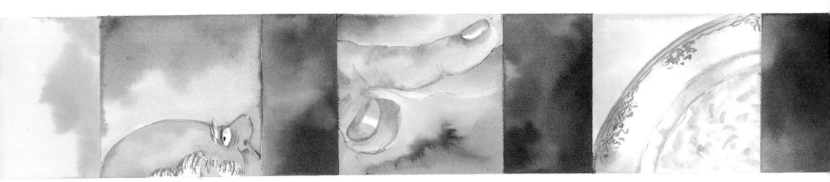

JULIO DÍA 6

Cuando vuelo, hago un ruidito y la gente se «mosquea» y, aunque no les pique, me sacuden.
Volé a la cocina, correteé tranquila sobre un racimo de uvas.
–¡Qué asco, una mosca! Y me echaron.

JULIO DÍA 7

Volví a entrar por la terraza, me paré en el cristal del televisor y me echaron –me echaron un chorrito de «matainsectos».
Aquí estoy, mareada, debajo del sofá, temiendo que pasen la aspiradora. Y no sé ni cómo me quedan fuerzas para contároslo. Me echan de todos los sitios.
¡Qué mala suerte ser mosca!

La carcoma

(La carcoma es un bichito
que sólo come madera).

Por las patas de la cama
del testero,
la carcoma carcomiendo,
la carcoma sin querer,
hace música al comer.
–Run, run, run.

JULIO DÍA 9

Por los bordes del arcón,
donde guardo el camisón,
la carcoma va y se asoma.
¡Qué carcoma más carcoma!

¡Qué comilona está hecha,
por los cuernos de la percha,
por las patas de la mesa,
cómo roe la princesa!

JULIO DÍA 10

¡Qué pasillos la carcoma,
va tejiendo la tragona,
qué malísima persona,
voracísima carcoma!

–Run, run, run.

Hace días, la muy pilla,
se ha metido en la capilla,
y se está comiendo a un santo.
–¡Uy qué espanto!

El ratón chiquitín chiquitón

Era un ratón
chiquitín, chiquitón.
Se puso un chaquetín
chiquitín, chaquetón.

Tenía ojitos,
también bigote,
y cuatro pelos
en el cogote.
Y unos pendientes
en las orejas;
y zapatillas
pero muy viejas.

Era un «ratín»
muy chiquitín,
con un lacito en el rabín.

Y era un ratón
muy grandullón;
... ha devorado
todo un tazón,
de chocolate
el golosón.

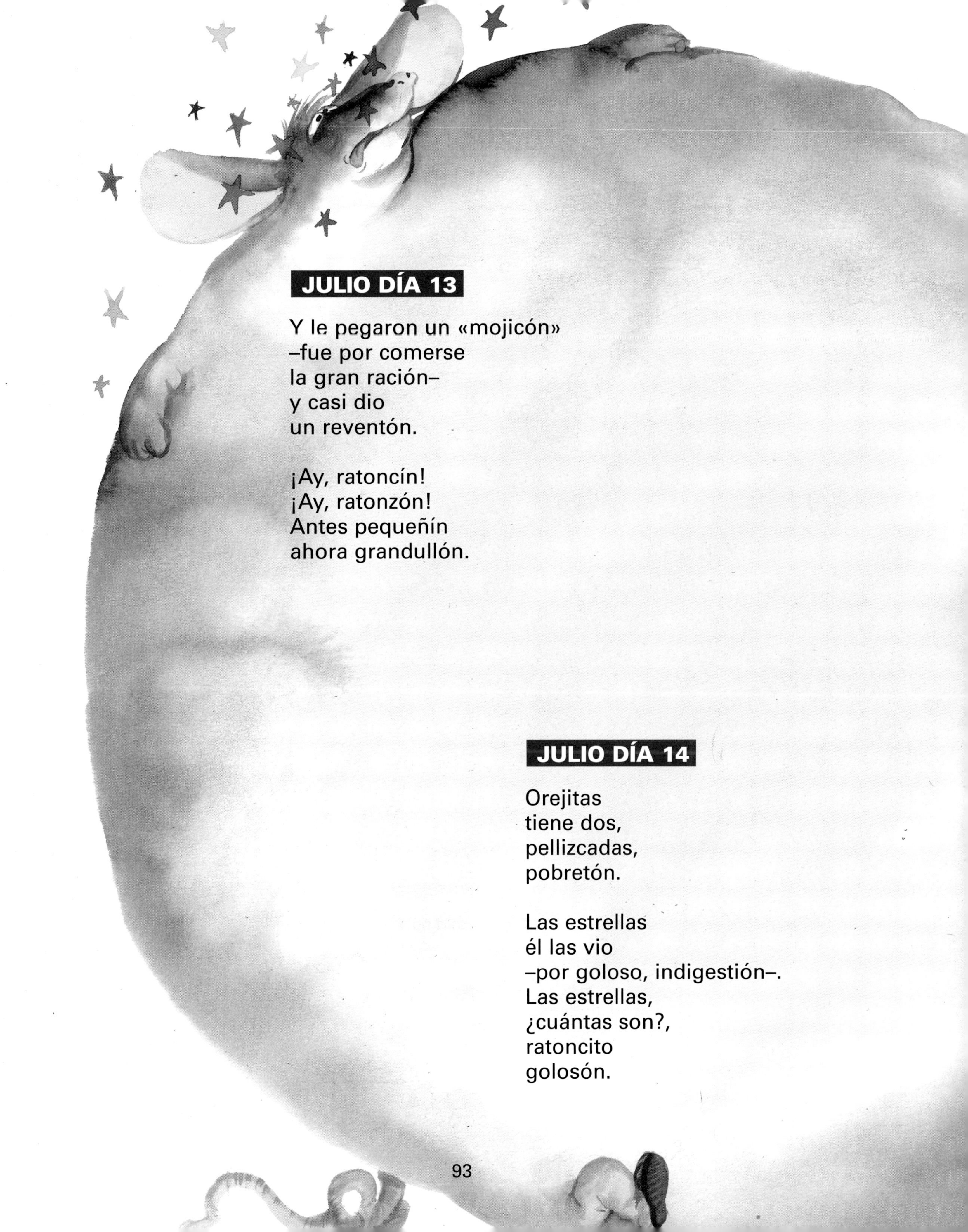

JULIO DÍA 13

Y le pegaron un «mojicón»
–fue por comerse
la gran ración–
y casi dio
un reventón.

¡Ay, ratoncín!
¡Ay, ratonzón!
Antes pequeñín
ahora grandullón.

JULIO DÍA 14

Orejitas
tiene dos,
pellizcadas,
pobretón.

Las estrellas
él las vio
–por goloso, indigestión–.
Las estrellas,
¿cuántas son?,
ratoncito
golosón.

93

Kokichiki Miniloto

Kokichiki era pastor de perlas.
Venido de buzo pobre,
todos los días del año
cuidaba de su rebaño.
Kokichiqui era un chino con cara de chino, ojos de chino y coleta de chino.

JULIO DÍA 16

Llevaba y traía su rebaño de perlas por los campos
del mar
a donde había algo de alga para merendar.
¡Qué contento Kokichiki
sin hacer a nadie mal
sentado en su banco
de coral!
Columpiándose en las olas,
parecía el Rey del Mar,
le guardaban la espaldas
Tiburón y Calamar.

El pez espada dio la alarma:
–¡Cuidado! ¡Que vienen los submarinistas!
El pez «aterrador» con su tenedor, empezó a cazar perlas alrededor.
–No llores, Kokichiki Miniloto
y ponte a salvo en tu moto.
Obedece lo que digo,
que ese tipo es enemigo.

JULIO DÍA 18

El pez espada pinchó la chepa al intruso y éste, a burbujear se puso…
–¡Glu, glu, glu!
Pez espada había pinchado la botella de aire al submarinista…
–¡Glu, glu, glu!
A Kokichiki le dio pena;
le cogió por la melena
y le prestó la escafandra
y le dijo: ¡Nada y anda!

Kokichiki y el submarinista se sentaron a hablar en la playa.
–¡Vaya, vaya!
–No vuelvas a hacerles daño.
–¿Es que esas perlas son tuyas, Kokichiki?
–No son mías; son del mar
las protege don Pulpo y su primo el Calamar.
–Esas perlas no sirven de nada en el mar y pueden servir de mucho en la tierra. A esas perlas, yo las puedo convertir en casitas y en escuelas… Y en juguetes.
–¿Por qué?
–Porque sí. Porque hay muchos niños que no tienen casa.
–Yo tampoco tengo casa, nunca viví en tierra. Vivo en las barcas del canal o en el agua, soy pastor de perlas…
–Déjate de tonterías, Kokichiki, y ayúdame a llenar ese camión de ostras. ¡Venga, muchacho, sígueme!

JULIO DÍA 20

Y Kokichiki, como hipnotizado, se perdió bajo las olas detrás del submarinista.
–¡Eh, por aquí! –Kokichiki le dirigió a una parte del fondo del mar que estaba llena de ostras y corales.
–¡Mira! Esto es un banco…
–Ya lo creo que es un banco –repitió el submarinista–. ¡Venga, deprisa, ayúdame!

Empezaron a llenar cubos y cubos de ostras con perlas como melones.

Empezaron a llenar de perlas, camiones y camiones.

Empezaron a dar trabajo a carpinteros y peones.

Y a hacer casitas, casitas, casitas.

Y colegios, colegios, colegios, con campos de fútbol y todo, balones, bicicletas, patines, ¡libros! Para que todos los niños como Kokichiki no tuvieran que trabajar en vez de ir al colegio y para que tuvieran todos los niños una casita en vez de nada para dormir.

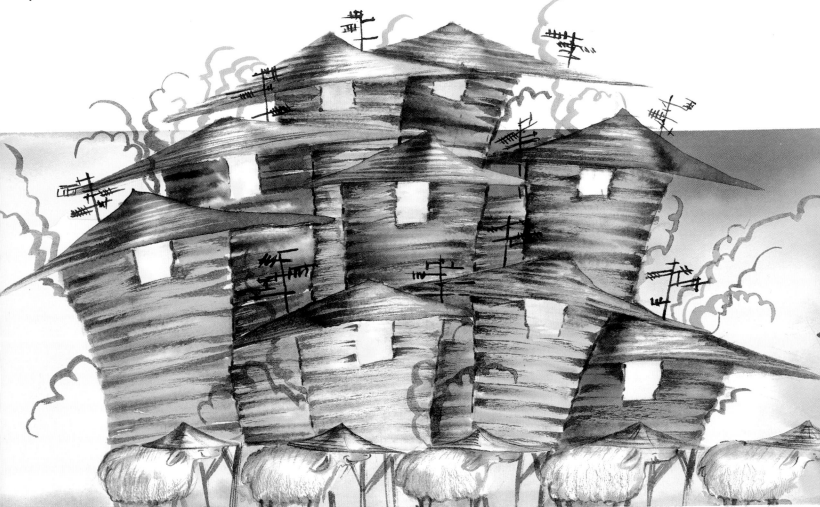

JULIO DÍA 22

Y a Villakokichiki empezaron a venir niños, y niños de todos los colores, con sus padres de todos los colores y vivían felices sin guerras ni nada y Kokichiki, el chinito poeta, pastor de perlas, pasó a ser pastor de cabras y siendo pastor de cabras fue más poeta todavía.

JULIO DÍA 23

La ballena Gordinflas acabó con el terror del mar

El terror del mar
era Paco Rata,
el pirata,
el pirata ratonero,
el terror del mar entero.

Como casi todos los piratas
tenía una barba bárbara,
una pata de palo,
un ojo de cristal,
un diente de oro
y una sola oreja
con un pendiente oxidado.

JULIO DÍA 24

(Mirando con sus catalejos,
a lo lejos.)
–¡Barco blanco se avecina,
tocad tambor y bocina!
¡Le arrastran las altas olas!
¡Se acerca!
¡Sacad los arcos y flechas!
–No es un barco, jefe,
es un tiburón como un camión.

JULIO DÍA 25

(Mirando con sus catalejos,
a lo lejos.)

–Ni barco
ni tiburón
ni merluza
ni camión.
¡Es un cetáceo enorme!

JULIO DÍA 26

La ballena lanzó un sonido
que parecía la sirena
de un barco, o un triste chirrido
de máquina rota o un ulular
de fantasma en alta mar
o un tenebroso alarido,
(y era que la ballena
no había comido).

JULIO DÍA 27

–¡Ballena a la vista!
–gritó el pirata Paco Rata.
¡Qué mala suerte!
¡Qué mala pata!
La ballena abrió la bocaza
y se tragó al barco de proa a popa,
como si fuera una taza de sopa.

JULIO DÍA 28

La ballena Gordinflas se puso enferma,
empachada,
le dio una arcada,
nadó hacia la playa
y devolvió el barco pirata sin digerir.
El barco quedó descuajeringado,
el pirata medio muerto y medio tuerto
salió de la ballena…

JULIO DÍA 29

Los otros marineros –piratas–, no fueron
«devueltos».
El pirata Paco Rata les buscó por todas
partes.
La playa estaba desierta. La ballena Gordinflas lo pasó mal,
pero acabó con Paco Rata, el terror del mar.

JULIO DÍA 30

Esta vez el feroz pirata
tuvo buena suerte,
no tuvo mala pata.
¡Dejó de ser pirata!
(a la fuerza)
la isla estaba desierta.

JULIO DÍA 31

El pirata
no tenía a quién castigar
no tenía a quién robar,
la isla estaba desierta.

El pirata
dejó de ser malo,
porque vivió toda su vida solo,
con su pata de palo.

La niña y la caracola

–¡Hola, caracola!
–¡Hola!
–¿Cómo te llamas?
–Manola.
–¿Manola la caracola?
–La misma.
–¿Y vives sola?
–Sola con la ola.
–¿Y tú, cómo te llamas?
–Yo me llamo niña.
–¿Y qué comes?
–Como piña.
–¿Y a qué sabe?
–A ala de ave.
–¡Uy qué rica,
ponte el sombrero que el sol pica!
–¡Adiós, caracola
voy a merendar escarola!
–Adiós, princesa.
¡Dios te valga!
Yo voy a merendar algo de alga.

Y la niña se metió a su casa
y la caracola
se metió en su ola.

El dragón tragón

El Dragón estaba hablando con el Koala.

DRAGÓN: En todos los periódicos del mundo me llaman monstruo. ¿Sabe usted lo que es un monstruo?

EL KOALA: Sí.

DRAGÓN: ¿Soy yo un monstruo?

EL KOALA: No.

DRAGÓN: ¿Lo ve? ¡Estoy harto, cansado de que me saquen fotos, no me dejan sacar la gaita para respirar!

EL KOALA: ¡Qué gaita!... ¿Qué gaita?

DRAGÓN: Mi gaita, mi cabezota de piñón, mi cuello de cisne, jovencito.

(Seguía hablando el dragón.)

DRAGÓN: Van a conseguir que me vuelva cardo, que me encierre en mi cuarto del lago y no salga. Allí tengo un retrato, ya amarillo, de mi abuelo el armadillo. Sí, van a conseguir que me vuelva a donde nací. Este lago comunica bajo tierra con el mar; como sigan metiéndose conmigo, desaparezco, me avaporo, me escondo en mi «Castillo Sumergible» y acabo con la atracción turística de estos pueblos. ¡Qué tipos! ¡A mí con teletipos!

EL KOALA: ¿Quieren hacerte daño?

DRAGÓN: No. ¡Quieren hacerme fotos!... Algunas me hicieron, pero debí salir movido, poco favorecido, desfigurado, entrado en siglos; aseguraban que tengo doscientos dientes y doscientos mil años, y la verdad es que estoy desdentado y nací el año de la guerra.

EL KOALA: ¿De qué guerra?

DRAGÓN: ¡Ah, no sé... de una...!

EL KOALA: Bueno, Dragón, te dejo, tengo que trabajar.

AGOSTO DÍA 4

El Koala era Koalo, porque era niño,
era un
koalo
peludo
orejudo
pelicorto
rubicundo
y rabinada;
parecía un oso
pecoso
mini-oso
y gordinflas.
Era joven,
casi cachorro,
limpio y brillante
como los chorros del oro.

AGOSTO DÍA 5

El Koala Koalo era el mejor trepador del bosque. El Koalo se escapó del Hospicio del Zoo, que no era colegio ni nada, ni le enseñaban nada de nada, ni se podía mover nada, y como se empezaba a aburrir se dijo: «Todo menos ponerme triste», y se escapó.

Ahora el Koala Koalo se gana la infancia recogiendo frutos para la firma «Analfabeta de Exe y Campañía». Sus orejas, desparramadas como soplillos, le permiten oír hasta el más bajito sonido del silencio.

Este día el Koalo trabajó sin trabajo, feliz y contento, porque por fin tenía un amigo, el Dragón.

AGOSTO DÍA 6

El Dragón era precioso.
Entre iguana y armadillo,
lagartijo o lagartillo,
ojos de pichón
y panza de botijo.
El Dragón era como un camaleón
sólo que aumentando un millón
de veces.

AGOSTO DÍA 7

El Dragón cambia de color
según el dolor.
Si le dolía la tripa,
se ponía verde;
si le dolía la espalda,
verde esmeralda;
si le dolía el rabo,
se ponía blanco como un nabo;
si tenía miedo,
el Dragón echaba fuego.
Tenía escamas por todo el cuerpo.
Era grande y alto alto
como un gigante lagarto;
alto y delgado como su abuelo
parecía un rascacielos,
de catorce pisos.

AGOSTO DÍA 8

Era alto y delgado como su padre (pero fumaba puros como su madre). Su corazón
era como un piano, y su potente cola como un tren; lo único que tenía pequeño era
la cabeza, afilada y diminuta, con pelo de viruta y flequillo tieso y cano. A pesar de
su cuerpo acorazado, el Dragón no era agresivo como su antepasado el armadillo.

El lago se había quedado sin una alga, y el Dragón necesitaba algo para comer. Para evitar fotógrafos, el Dragón Tragón sólo salía de noche, cuando la noche era muy oscura, precisamente para no asustar. Los murciélagos, sabios en noches como los serenos, le avisaban cuando no había peligro.

Con movimiento primario, el Dragón, de repente, se asomaba lentamente de entre las aguas del lago y, aunque surgía despacito, armaba un maremoto.

AGOSTO DÍA 10

El Dragón Tragón no se alejaba mucho del lago; cerca de la orilla descubrió hierbas finas, verdes praderas llenas de finas hierbas, tales como lechugas, repollos, coliflores y aceitunas.

En unos días acabó con las huertas de la comarca.

Hasta que una noche se comió, sin querer, ¡a un guardia forestal, con moto y todo! Se puso muy malito. A las dos horas empezó a devolver la gasolina con arcadas de nardo.

AGOSTO DÍA 11

Poco después, como el Dragón no tenía dientes y sólo se lo había tragado, devolvió al guarda a los pies de su caseta. Cuando el guarda volvió en guarda, llamó a la policía y vinieron muchos coches con mucha gente con escopetas.

Al Dragón aún no le había dado tiempo, o no tenía fuerzas, para esconderse en el lago. El Dragón estaba muy malito. El Dragón lucía un bello color verde, como siempre que tenía empacho.

AGOSTO DÍA 12

Los chillidos, gritos y disparos de la gente le asustaron. Los dragones cuando se asustan echan más fuego que de costumbre, y el Dragón empezó a echar llamas por la boca, orejas y lomo.

Le dio la tos. Al ver a un coro de reporteros –o sea, periodistas– le dio más tos, y los fotógrafos se cayeron con todo el equipo pasto de las llamas. De nervioso que estaba, al rugir le salían gallos –¡rayos y centellas, relámpagos y truenos!

AGOSTO DÍA 13

El Dragón Tragón, como no quería hacer daño, se ponía más nervioso.
Empezó a chisporrear por las escamas y ya echaba humo hasta por el rabo.
–¡Mirad! ¡Parece una falla de Valencia!
Al Dragón no le hizo gracia la comparación, pero no estaba para darse muy por aludido.
–¡Socorro! ¡El dragón está que arde!
–¡Se ha incendiado el Dragón!
–¡Que vengan los bomberos!
–¡Llama a la llama!... ¡Llama a la capital! –gritaba la alcaldesa, de nervios presa.

AGOSTO DÍA 14

Vinieron los bomberos, los pocos bomberos que había por los alrededores –siete en total–. Instalaron sus raquíticas escaleras, que no llegaban ni a la suela de los zapatos del inocente, y empezaron a enchufarle las mangas de riego en plena coronilla.

–¡A mí con chorritos! –exclamó el Dragón ya medio mareado. Pero al abrir un ojo y ver a tanto fotógrafo cerca se volvió a asustar y, sin poder controlar su fuego, se puso como un volcán ambulante y todos tuvieron que huir, porque se achicharraban a su lado.

AGOSTO DÍA 15

Al día siguiente daba pena verle. ¡Pobre Dragón! Parecía las ruinas de siete castillos juntos.

Hecho un ovillo, acurrucado, maltrecho, escamado y chamuscado, semejaba una colina pelada y humeante.

En lo alto de su corpachón estaba su amigo el Koala arrodillado, con las patas delanteras levantadas y juntas como pidiendo algo, como mirando al suelo.

Se armó un revuelo. A los pies del Dragón todo el mundo lloraba. Casi le hicieron un lago de lágrimas para que se encontrara mejor.

AGOSTO DÍA 16

En esto, un señor muy sabio que vino de la ciudad y que era amigo de los animales se acercó al Dragón, gateó, trepó, escaló la mole por la ladera izquierda y... El Kola sobre el Dragón parecía un ángel peludo en oración.

Y... el señor que vino de la ciudad, se echó sobre el Dragón y oyó una música, notó que sonaba el piano del corazón del Dragón.

—¡El Dragón está vivo! ¡Hay que hacer algo más que llorar!

AGOSTO DÍA 17

Vinieron las grúas.
Graznaron las grullas.
Revoloteaban potentes helicópteros.
Toda la civilización puso su granito de cemento
para salvar a un antidiluviano animal en desuso.
Pensaron en llevarle a un inmenso hangar del aeropuerto
y el Dragón no cabía y se moría.

AGOSTO DÍA 18

Vinieron todos los exploradores.
Se ofreció la Cruz Roja.
Se ofrecieron hasta los enfermos.
Repartieron a todos los enfermos en otras clínicas y vaciaron el Gran Hospital;
y el Dragón no cabía y se moría.
En menos tiempo de lo que canta un gallo hicieron un hospital,
sólo para el Dragón.
Se rompieron todas las camisas del mundo para vendas,
sólo para el Dragón.
Trajeron todas las pomadas del mundo,
sólo para el Dragón.
Trajeron todos los mercurocromos del mundo,
sólo para el Dragón.
Trajeron todos los médicos del mundo,
sólo para el Dragón.

AGOSTO DÍA 19

Y vinieron a visitarle todos los niños del
mundo con todas las flores del mundo,
sólo para el Dragón.
¡Y se curó el Dragón!
Y el Koala desde entonces es el animal
más feliz de todos los animales.
Y la amistad reinó entre ellos.

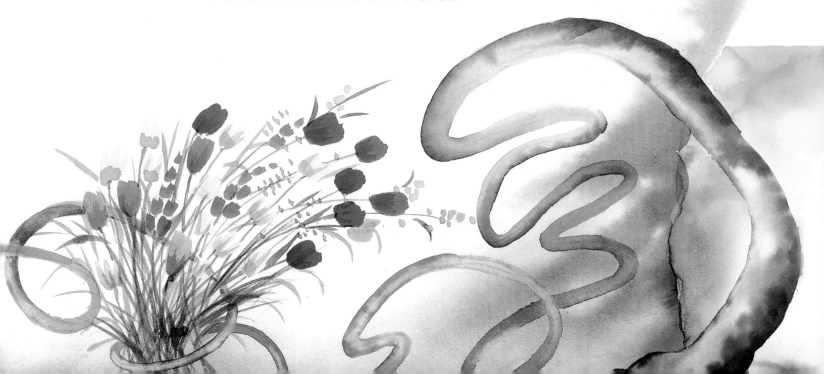

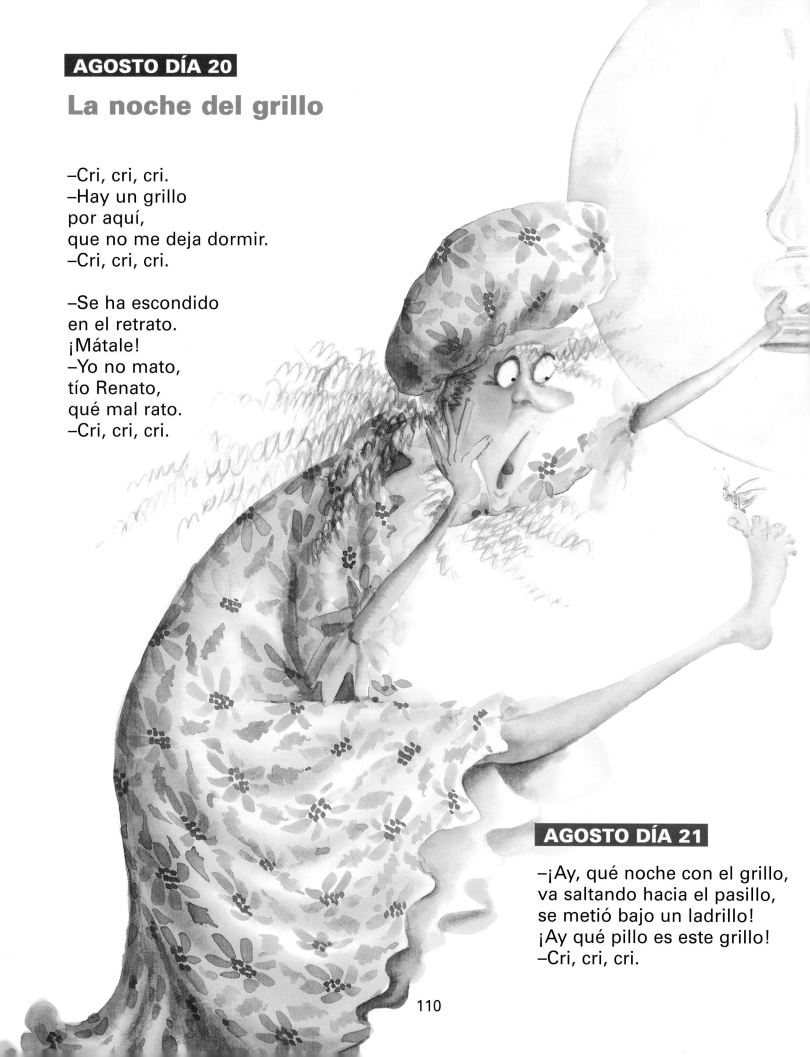

La noche del grillo

–Cri, cri, cri.
–Hay un grillo
por aquí,
que no me deja dormir.
–Cri, cri, cri.

–Se ha escondido
en el retrato.
¡Mátale!
–Yo no mato,
tío Renato,
qué mal rato.
–Cri, cri, cri.

–¡Ay, qué noche con el grillo,
va saltando hacia el pasillo,
se metió bajo un ladrillo!
¡Ay qué pillo es este grillo!
–Cri, cri, cri.

110

AGOSTO DÍA 22

(Se levantó la muchacha y...)
–¡Qué asco, una cucaracha!
–¡Que no es una cucaracha,
muchacha!
–no canta una cucaracha.
–Cri, cri, cri.
Le echaron polvos de talco,
el grillo se durmió un rato.

AGOSTO DÍA 23

Por la mañana temprano,
apareció en un zapato.
Lanzó un grito la muchacha:
–¡Socorro!
¡Me está mordiendo los dedos
del pie la cucaracha!

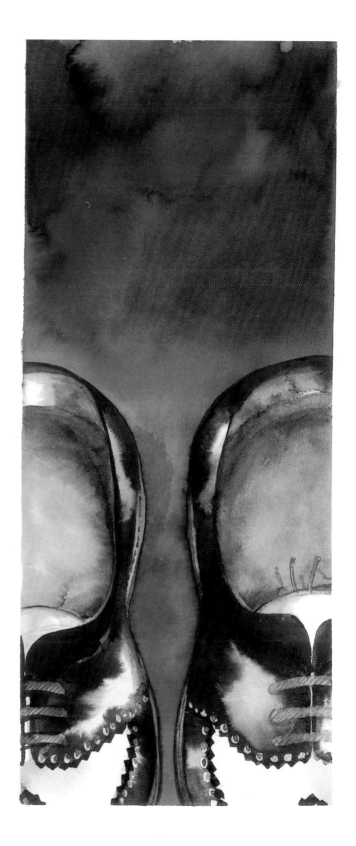

AGOSTO DÍA 24

Cuando duerme la ballena

Cuando duerme la ballena
parece una isla desierta.
La «isla» se mueve y se conmueve
cuando se despierta.

AGOSTO DÍA 25

–¿En qué se diferencia una ballena de una mariposa?
–En que la mariposa es mariposa
y la ballena es otra cosa.

AGOSTO DÍA 26

La ballena no es sólo una cosa fenomenal,
la ballena es un animal.
La ballena no es sólo un animal,
es un pez gigantesco y original,
grande, grande, como una catedral.

–Es un cetáceo –dice el profesor.
–Pues a mí me parece un vapor.

AGOSTO DÍA 27

Tiene surtidor
sobre la cabeza,
y después de nadar
se ducha con destreza.

La ballena
nunca va vacía,
porque va llena,
–de gaviotas.

AGOSTO DÍA 28

Cuando la ballena se queda dormida
con la boca abierta,
los pescadores valientes
aparcan las barcas
a la sombra de sus dientes.
La ballena es el único animal
que canta nanas para dormir al ballenito.
–Duérmete, balleno guapetón,
tu madre te protege del arpón.
–Duérmete, balleno, duérmete,
que los cazadores no te ven.

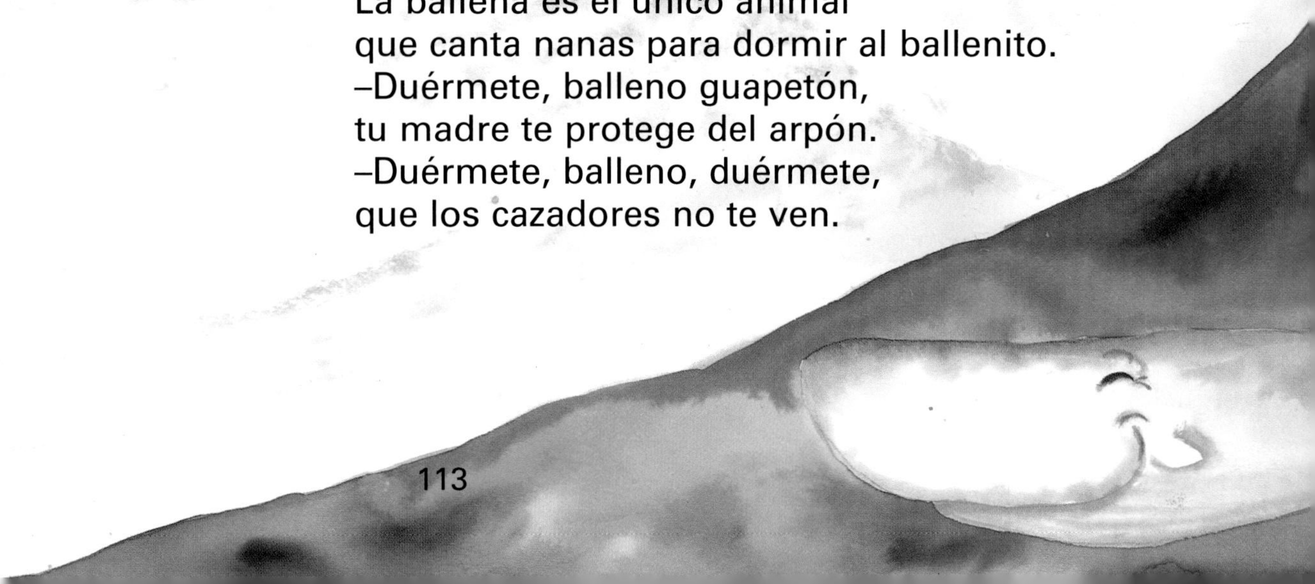

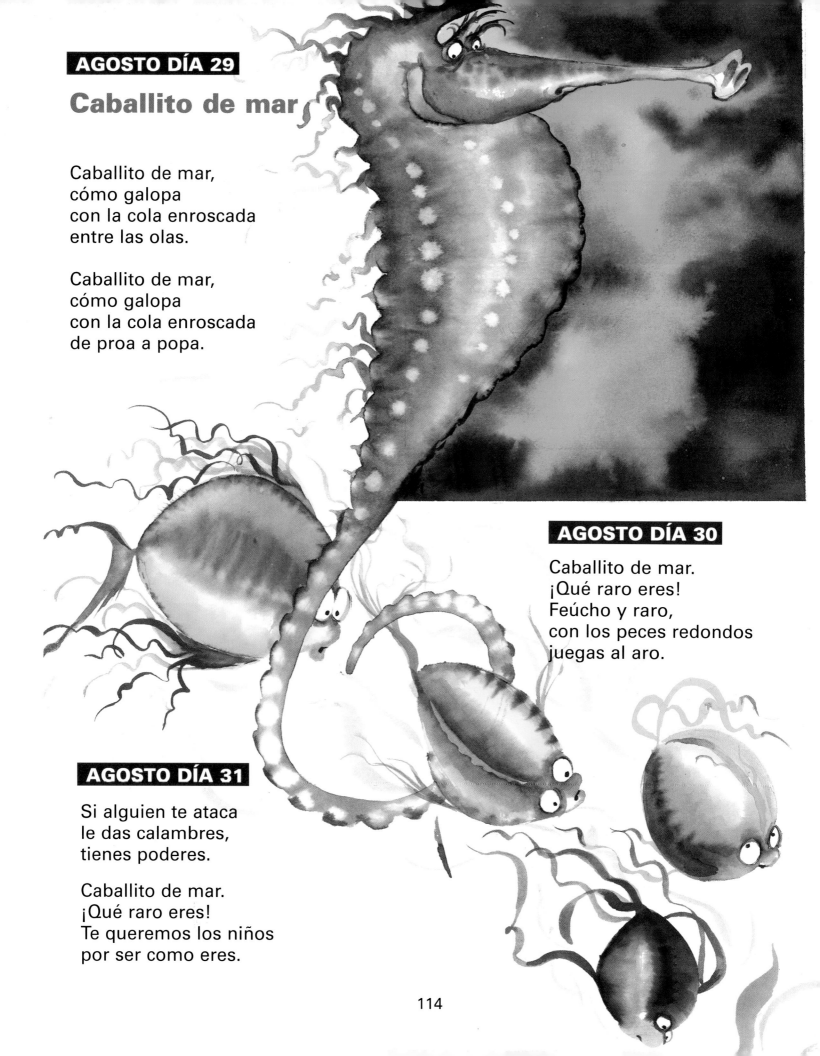

AGOSTO DÍA 29

Caballito de mar

Caballito de mar,
cómo galopa
con la cola enroscada
entre las olas.

Caballito de mar,
cómo galopa
con la cola enroscada
de proa a popa.

AGOSTO DÍA 30

Caballito de mar.
¡Qué raro eres!
Feúcho y raro,
con los peces redondos
juegas al aro.

AGOSTO DÍA 31

Si alguien te ataca
le das calambres,
tienes poderes.

Caballito de mar.
¡Qué raro eres!
Te queremos los niños
por ser como eres.

114

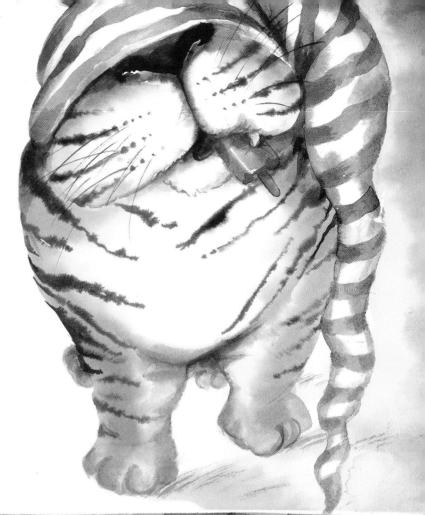

SEPTIEMBRE DÍA 1

En la selva

I

Tigrita cumplía años.
Su tío le ha regalado
una moneda y un gorro.

Unas sandalias azules
se ha comprado
en el mercado;
con peseta que le queda,
va al puesto de los helados.

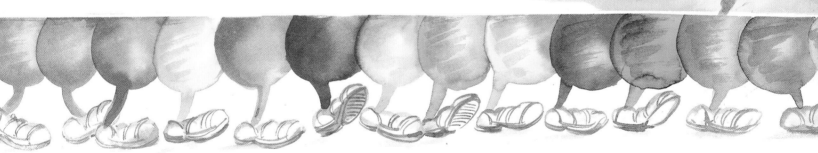

SEPTIEMBRE DÍA 2

II

–¿Dónde va el señor Ciempiés?
–De compras, guapa, de compras…

(Y se compró calcetines,
corbatitas y zapatos,
y por ser quien era él,
se los dejaron baratos).

–Echa el cierre, canguro Gaspar,
que no ha quedado ni un par.

El león que no sabía rugir

El león no sabía rugir.
El león no sabía morder (era vegetariano).
Se pasaba el día limándose las uñas y la noche peinándose la melena. El león se llamaba Leonardo, Leo, porque era muy león, y Nardo porque era muy limpio.

SEPTIEMBRE DÍA 4

Un buen día (mal día para el león Leonardo), iba andando andando tranquilamente, cuando cayó, de repente, en la trampa de los cazadores.
El león quedó preso en un hoyo dentro de una red de colores.
Los cazadores le encerraron en un camión y a través del desierto, que estaba desierto, llegaron a la ciudad y, allí, vendieron el león al dueño del circo.
—Lo primero, empezar a domarle –dijo el dueño del circo al forzudo domador.

SEPTIEMBRE DÍA 5

El domador, con mucha precaución
(no conocía a la fiera)
y con miedo disimulado,
entró en la jaula
del león Leonardo,
en una mano, una silla
y en la otra, un látigo.
Latigazo va y latigazo viene, empezó la doma.
–¡Ajj, ajj! ¡Ven aquí! ¡Ajj, ajj! ¡De pie! ¡Ajj!
–Este tío se cree que me llamo ¡Ajj! –pensó el
león.
–¡Ajj, ajj! ¡De pie! ¡Venga! ¡Ajj, ajj!
El león ni caso.

SEPTIEMBRE DÍA 6

A los pocos minutos el león Leonardo decidió
abandonar el rincón de la jaula, molesto y nervioso
por el ruido de los latigazos y por los gritos del
domador que iba y venía de una esquina a otra de
la jaula.
–¡Ajj, ajj! ¡Ar, ar! ¡Ven aquí! ¡Aquí! ¡Ajj! ¡Al centro!
¡Ven! ¡Come hear! ¡Come hear!(gritaba el domador
en inglés), y ni en inglés.

SEPTIEMBRE DÍA 7

El león Leonardo, aburrido,
se fue a una esquina de la jaula y se echó encogido.
El domador dejó de dar latigazos al aire y empezó a dárselos al pobre animalito.
–¡Qué bestia es este tío! –dijo Leonardito.
A las dos horas, el domador salió de la jaula, sudoroso y enfadado.

SEPTIEMBRE DÍA 8

Al día siguiente, volvió el domador ante el león Leonardo, empezó la clase de doma
y volvió a suceder lo mismo.
Leonardo el león
no se movía de su rincón.
Latigazos y silletazos, las cuatro patas de la silla le golpeaban la cara.
–Este tío bruto me va a sacar un ojo –pensaba Leonardo.
Pero ni rugía ni se movía.
–¡No te canses, hombretón,
que tú no te vas a lucir a mi costa en la función! –decía Leonardito por lo bajinis.

SEPTIEMBRE DÍA 9

–Jefe –dijo el domador al dueño del circo–, me temo que usted ha hecho una mala
compra, ese león no tiene garra ni ruge ni ataca ni muerde ni nada; yo creo que ni
tiene dientes y que es sordo.
–No, hombre, no es que es un león joven y hay que enseñarle, amaestrarle,
domarle… ¡y tú lo tienes que domar!
–¿Domarle? Si ese león está más domado que una oveja.
–Es tu trabajo, domador. ¡Obedece!
–Yo sí, pero quien tiene que obedecer es la fiera.

SEPTIEMBRE DÍA 10

Durante muchas semanas, se repitió la escena de la doma y no se consiguió nada.
Se dieron cuenta de que el cazador les había estafado vendiéndoles un león
defectuoso y sordo, una birria de león que no sabía ni rugir.
En vista de lo visto, metieron al león –sin gran esfuerzo–, en una camioneta y le
devolvieron a la selva, que era lo suyo. Y el león Leonardo volvió a ser feliz, porque
tenía libertad y tranquilidad.

SEPTIEMBRE DÍA 11

La tranquilidad le duró poco; nada más llegar a la selva, una manada de
rinocerontes le atacó.
–¡Dejadme en paz, rinos, que soy pacifista, que vengo de pasarlo muy mal –les dijo
león Leonardo–, pero los rinocerontes no querían diálogo (parecían hombres) y se
echaron sobre Leonardo y, nuestro león, no tuvo más remedio que defenderse. Y
los fue venciendo uno a uno.
¡Claro, que el león Leonardito era valiente y nada de sordo, lo que le pasaba es que
era mudo y, por eso, no sabía rugir!

119

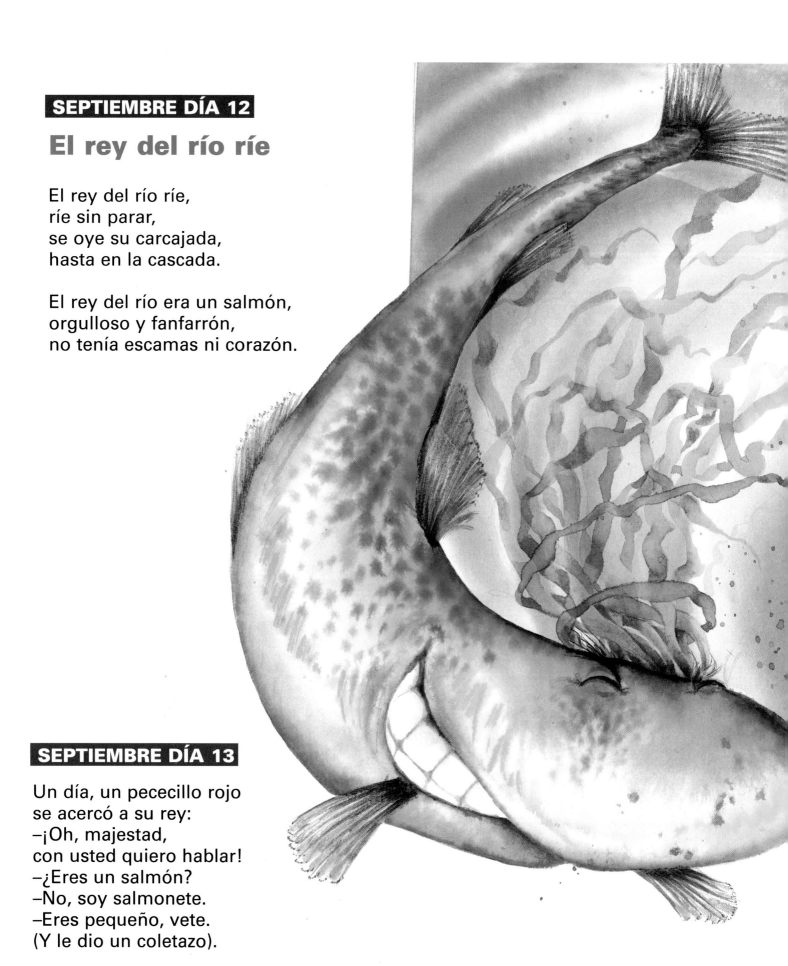

SEPTIEMBRE DÍA 12

El rey del río ríe

El rey del río ríe,
ríe sin parar,
se oye su carcajada,
hasta en la cascada.

El rey del río era un salmón,
orgulloso y fanfarrón,
no tenía escamas ni corazón.

SEPTIEMBRE DÍA 13

Un día, un pececillo rojo
se acercó a su rey:
–¡Oh, majestad,
con usted quiero hablar!
–¿Eres un salmón?
–No, soy salmonete.
–Eres pequeño, vete.
(Y le dio un coletazo).

120

SEPTIEMBRE DÍA 14

El rey del río,
Salmón Tercero,
era muy fiero,
y mandó a sus criados, los «lucios»,
que no dejaran vivir en sus aguas,
a los peces pequeños y feos; después
soltó una carcajada tan ruidosa,
que el río se llenó de olas.

SEPTIEMBRE DÍA 15

Una noche, se levantó el día y se levantó
«la veda de la pesca».
Llegaron al río los pescadores,
tenían permiso para pescar sólo
a los grandes salmones.
Los pescadores pescaron y pescaron
montones de salmones.
Entre ellos iba Salmón Tercero.
El rey del río ya no ríe.

121

Moncho y Pío encuentran a su tío

Cogidos de la mano iban Moncho y Pío
a encontrarse con su tío.
Y sabéis que Moncho y Pío se querían mucho, se llevaban muy bien, eran como uña y carne, mejor dicho, como uña y pelo. Por cierto, hablando de uña y pelo, Moncho dijo:
–Ven aquí que te corte las uñas Piíto, que me traes fritito. Cuando me das la mano me arañas la palma. También te voy a cortar el pelo por detrás de las orejas, te da calor y te quita belleza. ¿Quires que te deje melenita de león o de Colón?
–Prefiero de oso, no soy caprichoso.
–¿Te corto el flequillo para que parezcas un chiquillo?
–¡Haz lo que quieras, Moncho, pero pronto!
Me estoy poniendo nervioso, como un oso enjaulado. Vamos a llegar tarde a la estación de trenes.
–Es que quiero que te vea guapo tu tío, Pío.
–Si llegamos tarde no me va a ver.

SEPTIEMBRE DÍA 17

Se pararon junto a un arroyuelo,
para refrescarse las patas, y arreglarse los pelos.
–¡Venga, Moncho! ¡Vamos! ¡Corre!
A los pocos minutos de llegar a la estación de «Animalandia», unos pitidos
anunciaban la llegada del tren.
Pero ¡qué tren! En vez de decir ¡Pii! ¡Pii! como todos los trenes, decía ¡Pip Pío que
llega Osopío!

SEPTIEMBRE DÍA 18

El tren venía a tope, lleno, lleno, lleno, más que un tren parecía el «Arca de Noé».
Cientos de animales de todas las especies, clases y plumajes, se asomaban por las
ventanillas o empezaban a bajarse en marcha, mientras los plumíferos salían
volando.

SEPTIEMBRE DÍA 19

En la estación no cabía un alfiler y el tío Pío sin aparecer.

Por fin, en las escalerillas del último vagón, apareció...

Apareció un humano con chistera, rostro y bigote retorcidos, pantalón de montar y chaqueta de pingüino.

–¡Mira, Pío! ¿Es ese tío tu tío?

–No, Moncho. ¡Qué va a ser! Mi tío es un oso de pelo en pecho, más alto que tú y más peludo.

SEPTIEMBRE DÍA 20

Al decir Pío, «peludo», toda la puerta del vagón se llenó de pelos, quitando dos ojitos relucientes y un hocico de color de rosa.

–¡Pío! ¡Mi Pío! –gritó la masa peluda.

–¡Pío! ¡Tío Osopío! ¡Bienvenido, tío!

Y en un abrazo familiar se besuquearon tiernamente.

–Mira, tío Osopío, aquí mi amigo Moncho, del que ya te hablé.

–Oh, Moncho, sé que eres para mi sobrino como un hermano, por lo tanto llámame tío.

–Sí, tío.

A todo esto el tío del bigote retorcido, que no dejó de mirar a Moncho y a Pío, se despidió para recoger el equipaje.

SEPTIEMBRE DÍA 21

Los tres ositos se sentaron en el bar de Animalandia a tomar unas frutas y a charlar.

–Tío –dijo Pío–, ¡qué collar tan brillante tienes!

–Es para que se me vea mejor.

–Tío –dijo Pío–. ¿Esas piedras preciosas son preciosas o de mentirijillas?

–Son piedras falsas, sobrino, pero brillan igual con los focos.

–¿Qué focos? –preguntó Moncho mosca.

–Eso os lo explicaré más tarde. Tengo una gran noticia que daros, quedaros conmigo, será una gran sorpresa. Ahora, disimular, hablemos de otra cosa, que regresa mi representante.

(El representante era el tío del bigote retorcido).

–Bien, hermosos osos, nos espera el taxi.

SEPTIEMBRE DÍA 22

El taxi era un coche de cuatro caballos, pero caballos de verdad.

El taxi se paró en medio del campo ante una casa muy rara, puntiaguda, con redes de tela.

Anochecía. En el letrero luminoso se leía: CIRCO KO.

Moncho y Pío entraron bajo la lona con algo de susto.

–Pasad a mi cuarto –dijo tío Osopío– aquí vivo tranquilo.

En la habitación había mucha paja en un rincón, restos de comida en otro y un gigantesco columpio de madera.

–¿No te molesta el collar, tío? –preguntó Moncho por decir algo.

–No, ya no me molesta, me he acostumbrado, peor era el collar de antes, que era una cadena de hierro. Cuando me dieron el diploma de «Domesticado», porque saqué buena nota en el examen de trapecio, me quitaron la cadena y me dejaron suelto.

–Sí, pero ¿no eres libre, tío?

–Según lo mires, sobrino. Si no tienes preocupaciones eres libre. Aquí en el circo nada me preocupa. No tengo más que hacer que sentarme en una silla durante la función, saltar sobre una tabla y bailar el vals de las olas. Después, como bien, duermo bien y no me falta de nada.

El osito pensativo se quedó pensativo.

–Sí, pero eso no es vida para un oso, tío, no eres tú.

–¿Cómo que no? Aquí en el circo hago el oso, soy quien soy.

–No me convences, pierdes el tiempo, tío Osopío.

–Yo estoy de acuerdo con Pío –dijo Moncho.

–¿Que pierdo el tiempo? Todo lo contrario. Trabajo. Divierto a los niños. Los niños me quieren. Los niños me conocen. Allí en el bosque helado, a ver, ¿qué niños me conocían?

Y Osopío siguió hablando.

–Me gusta ser oso de circo. Además, aquí no pasa frío tu tío y ya voy para viejo. Y ahora... Bueno, ahora llegó la hora de daros la gran noticia, ¡la gran sorpresa!... En el Circo Ko hacen falta osos. Y mi representante y jefe os quiere contratar.

–¡Ni hablar! ¡Ni hablar!

–¿Qué quiere decir «ni hablar»?

–Quiere decir lo que quiere decir, que ni hablar de ellos. Y vámonos, Pío, que no llegamos al tren de Bosquehermoso.

–Sí, sí, vámonos, Moncho, antes de que nos amaestre el tío de los bigotes.

–Adiós, Osopío –dijo triste Pío.

Moncho salió volando sin decir ni pío.
Y así fue como Moncho y Pío
se encontraron y se despidieron
de su tío Osopío,
y se volvieron al bosque asturiano,
que era lo suyo.

SEPTIEMBRE DÍA 27

Cómo se dibuja un galgo

Para dibujar un galgo,
hay que hacer algo:
se dibuja un perro flaco.

Hueso y piel,
el hocico puntiagudo,
el rabo como un cordel.
¡Queda bien!

SEPTIEMBRE DÍA 28

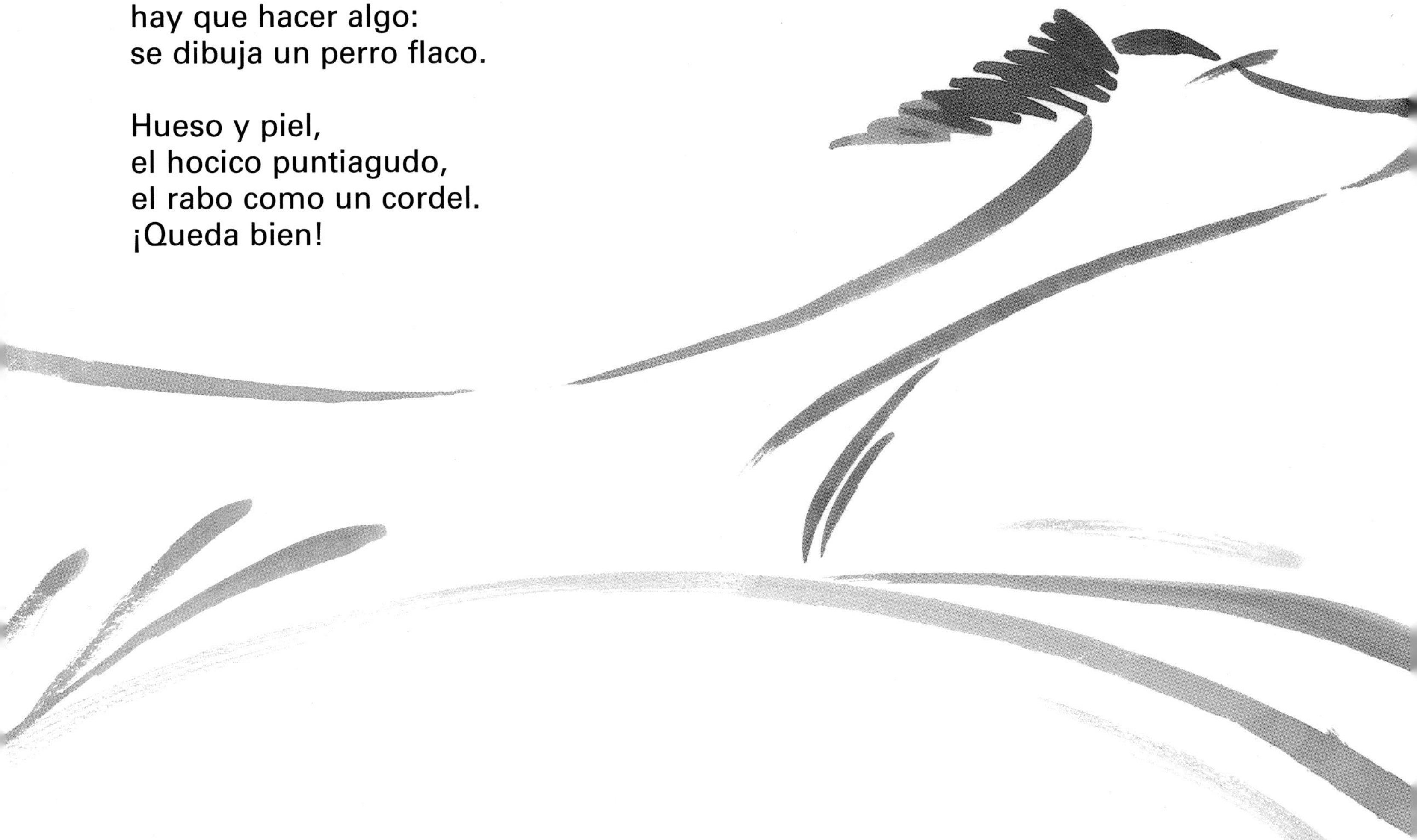

Aunque flacucho es de raza,
porque es un perro de caza.

Es un precioso animal
muy decorativo y tal,
es un precioso animal,
pero lo pasa muy mal.

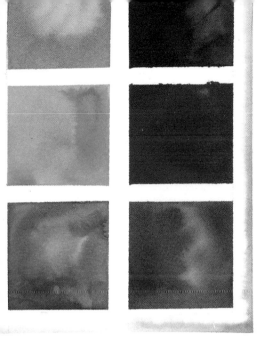

SEPTIEMBRE DÍA 29

Le dan poco de comer
para que corra muy bien.

Y pasa hambre por eso,
para no pasar de peso.
Come poco, racionado,
para que siga delgado.
Como es delgado y no pesa,
corre, aún más, que la presa.

SEPTIEMBRE DÍA 30

Y la «presa» (temiendo por su pellejo)
al galgo le da un consejo:
–Ponte en mi lugar,
tú, ponte,
vivo tranquilo en el monte...
Y dijo el galgo:
–¿Qué me ha hecho este conejo?
Le dejo libre. ¡Le dejo!

Quedó libre la coneja
y ahora la moraleja:
Nos quedó muy bien el galgo.
¡Algo es algo!

OCTUBRE DÍA 1

El dinosaurio y doña Flora

La dinosauria
estaba encantada,
era la niña más rara
de toda la manada.

La dinosauria se casó.
Y tuvo siete dinosauritos alrededor.

OCTUBRE DÍA 2

Su hermano soltero,
Dinosauruno,
vivió más que ninguno.

Vivió tanto
que aún hoy
causa espanto.

OCTUBRE DÍA 3

El dinosaurio
ahora vive en un armario.

Y doña Flora,
la exploradora,
le pone agua y naftalina
a toda hora.

130

OCTUBRE DÍA 4

Y doña Flora,
la exploradora,
cuando va una visita
pesada,
la visita huye asustada
porque abre el armario
y sale el dinosaurio.

OCTUBRE DÍA 5

El dinosaurio:
—¡Gruau! ¡Gruau!

Doña Flora:
—¡El dinosaurio ruge
y yo ya rujo!
Tener un dinosaurio en casa
es un lujo.

El pirata Mofeta y la jirafa coqueta

Iba una jirafa por la espesa selva, alta, elegante y bella, ella, acompañada de un ciervecillo joven, que áun no tenía cuernos y se había perdido de sus padres.

La jirafa se encontró un cofre de madera, junto a una palmera.

–¿Qué será esto? ¿Aquí qué habrá? ¿Qué habrá?

–¡Abra y lo sabrá!

La jirafa abrió el cofre-caja con una pata y…

–¡Ahí va! ¡Es un tesoro! ¡El tesoro de oro del moro! ¡Cientos de collares!

¡Collares de piedras preciosas, diamantes, brillantes y perlas como melones…!

La jirafa se puso todos los collares y, presumida y coqueta, se miró en el espejo de las aguas del lago y le dijo:

–Lago mágico, dime: ¿hay otro animal en la selva más bello que yo?

El lago, como es natural, no contestó.

–¡Soy bellísima! ¡Soy bellísima! –decía la jirafa excitadísima–, y se inclinó para beber agua, y al terminar de beber…

– ¡Ay, hay que ver…!

OCTUBRE DÍA 8

No podía levantar el cuello por el peso de los collares y se
quedó paralizada como una estatua sin poder andar, sin
poder levantar la cabeza...
–¡Ay, que me deslomo, me desmorro!, y ahora...
¿Cómo como?
(Las jirafas tienen el cuello tan largo porque
sólo comen las altas ramas de los árboles,
estirando el cuello que Dios las dio).

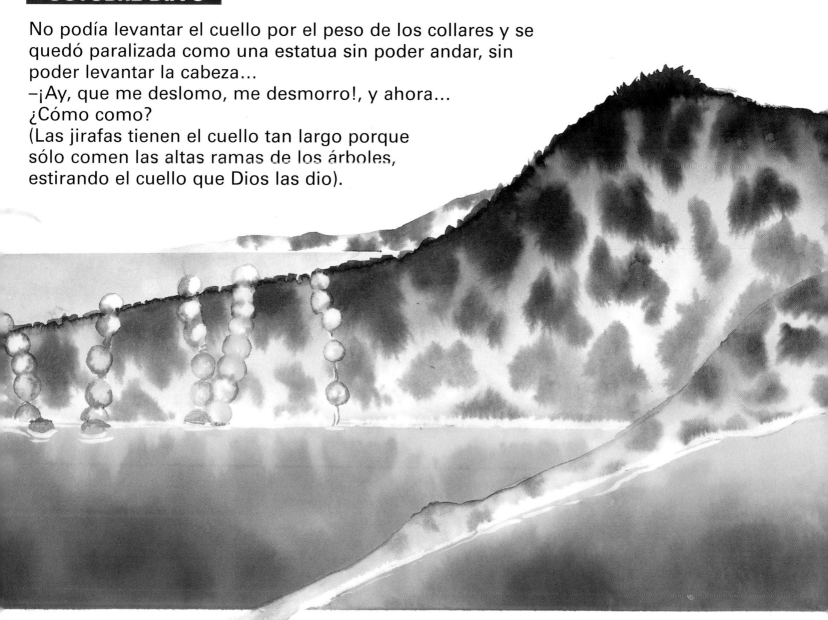

OCTUBRE DÍA 9

La jirafa coqueta intentó andar y la pata derecha se
le encogió de un calambrazo y se quedó como un
trípode sin fotógrafo. Cojeando se apoyó en una
palmera para no caerse.
La jirafa coqueta y alhajada empezó a llorar por
primera vez.

OCTUBRE DÍA 10

–¡Ahí está, muchachos! –gritó el pirata Mofeta a sus compañeros.

–¿El qué está?

–¡El tesoro!

–¿Dónde?

–En el cuello de esa jirafa.

–¡Uy, qué cuello de oro! ¡Que porta-anginas millonaria! ¡Hay que matarla!

–No, no seas bruto, Sisebuto. No hay que matarla, además nos daría mala suerte. Recordad que no hemos venido a matar, sino a robar, que es otro verbo más humano.

–Entonces… ¿Disparamos los dardos para dormirla?

–Eso sí. ¡Preparados! ¡Disparad a la cabeza! ¡Ya!

–Oiga, jefe. ¿Por qué a la cabeza? La tiene tan pequeñita, que es difícil no dejarla tuerta. ¿Disparamos al cuerpo?

–¡No, he dicho que a la cabeza y aquí mando yo!

–¡Pum! ¡Pum!

–Como si nada. Esta jirafa no se duerme ni con nanas…

–¡Pum! ¡Pum!

–No queda más anestesia, jefe. ¿La dormimos a garrotazos?

–No seas bruto, Sisebuto –dijo Mofeta.

El grupo de los cuatro hombres compuesto por el Mofeta, Sisebuto, el Peludo y el Lirio, que no eran ni cazadores ni exploradores, sino piratas modernos, se empezaron a poner nerviosos. Caía la noche y no caía la jirafa.

–Hay que hacer algo –dijo el Mofeta.

–Hay que quitarle los collares como sea.

–¿Cómo?

–Trepando rabo arriba hasta el lomo, y cabalgando lomo arriba hasta el cuello.

–¿Y quién la alcanza el rabo si casi no tiene, criatura, y además, el rabo está a seis metros de altura?

–¡Pues... patas arriba!

–No es posible, Mofeta, trepar patas arriba por esa piel sedosa, se escurre uno y, además, si se lía a dar coces, ¿qué?

–No digo que trepéis patas arriba, digo que pongáis al bicho patas arriba y unos la sujetamos y otros las desjoyan.

OCTUBRE DÍA 12

Dos horas tardaron en derribar a la jirafa. Les costó más trabajo que volcar un autobús.

A la pobre jirafa le dolían todos los huesos, pero ella sólo sentía el largo dolor de sus cuatro metros de garganta hinchada, y de sus cuatro metros de anginas, aprisionadas por los collares.

135

OCTUBRE DÍA 13

Aunque la jirafa, ya echada sobre el suelo, se estaba quieta, le ataron el hocico y las patas para mayor seguridad y con tenazas y alicates empezaron a arrancarle los collares.

–¡Cuidado! ¡A ver si nos da un cuellazo! –dijo Sisebuto.

–No está para ello. ¿No ves que no puede mover el cuello? –contestó Mofeta.

–¡Jolines delfines! ¡Lo que hay que trabajar por no querer trabajar! –suspiró el Lirio.

OCTUBRE DÍA 14

Toda la noche trabajaron sudorosos a la luz de la luna, que hacía brillar a los brillantes como pequeñas estrellas sobre la hierba.

Terminada la operación-robo, desataron a la jirafa,
guardaron los collares preciosos,
en un saco horroroso,
y emprendieron el camino a través de la selva.

OCTUBRE DÍA 15

Llevaban andando un par de horas, cuando de pronto Sisebuto se desmandó, sacó su revólver oxidado y gritó enloquecido:

–¡Arriba los monos! ¡Arriba los monos!

Mofeta y los otros dos piratas, se pararon, con los brazos en alto, asustados, temiendo ser traicionados por Sisebuto.

–¡He dicho arriba los monos!

Todos los monos que andaban jugando por el suelo, saltaron arriba de los árboles.

–¡Vaya susto, me tiembla el busto!

–Eres un bruto, Sisebuto. Te habíamos entendido: ¡Arriba las manos!

–Perdonad colegas, es que los monos me ponen los nervios nerviosos.

OCTUBRE DÍA 16

Los cuatro piratas siguieron caminando, caminando...

Iban muertos de sueño, sin dormir.

Iban muertos de hambre, sin comer.

Iban milllonarios, sin botas. Iban millonarios, pero parecían pobres pobres, hambrientos y no se podían hacer un bocadillo de perlas y brillantes, porque ni siquiera tenían pan.

137

OCTUBRE DÍA 17

Así, la banda del Mofeta, ya dueños del gran tesoro, seguían andando andando, descalzos, medio desnudos, sedientos, hambrientos, camino del embarcadero del río Grande, que estaba aún a cien kilómetros de distancia, a unos diez días sin dejar de andar...

OCTUBRE DÍA 18

No sé si llegaron al río, porque los perdí de vista. Regresé a donde dejaron a la jirafa y..., allí estaba el animalito. Se había puesto en pie, mordisqueaba las hojitas tiernas de lo alto de la palmera.
Tenía pequeñas heridas en el cuello. Y aunque es muy difícil notar cuando una jirafa está alegre, yo lo noté: la jirafa estaba feliz. Y también la oí que decía muy bajito:
–¡Qué buena gente hay en el mundo! Esos hombres me han salvado. ¡Qué bien se vive sin joyas!

El pirata Mofeta. El avestruz

A Mofeta y a sus piratas daba pena verlos. Seguían andando y andando a trompicones, se caían, se levantaban, se dormían, se mareaban, cansados, rendidos, sin comida que comer, sin bebida que beber, cargados como burros, con el tesoro de oro del moro.

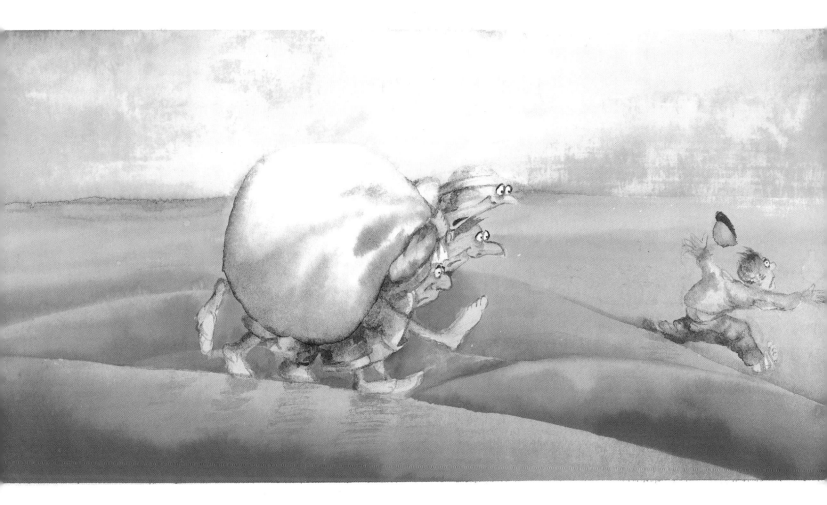

OCTUBRE DÍA 20

Habían salido de la selva y ahora caminaban por el desierto, que era peor por el calor. La arena les llegaba a las rodillas y el miedo les llegaba a las orejas.
Ni una palmera para el sol, ni una hierba para comer, ni un pozo para beber.
Al pirata Mofeta, le dio la locura y empezó a gritar:
–¡Somos ricos! ¡Somos ricos! ¡Somos los hombres más ricos del desierto!
–¿Y qué?
–¿Y qué?
–¿Y qué? –contestaron sus compañeros que aún estaban medio sanos.

OCTUBRE DÍA 21

De repente, delante de ellos, surgió una aparición extraña, algo gigantesco aleteaba y les daba aire fresquito al mover unas plumas.

–Esto es un espejismo colectivo –dijo Lirio el pirata, que era el más culto–. No fiaros, es un espejismo.

–¿Y qué es eso?

–Que el Sol nos ha frito los sesos y vemos visiones.

–La visión será usted –dijo el avestruz, y dejó de aletear.

–¡Jefe! ¡Si es verdad!

¡Si no es un espejismo alucinante!...

¡Si es una gallina gigante!

¡Hay que cazarla!

¡Hay que matarla!

¡Hay que pelarla!

–Sisebuto, no seas bruto –dijo el Mofeta.

Sisebuto no hizo caso y le ató las patas.

OCTUBRE DÍA 22

El avestruz, atado, cayó de ala, y se torció el cuello. Dolorido, suplicó al pirata:

–¡Por favor, señor pirata,
desáteme la pata,
dejo a tres avestrucillos huérfanos
si me mata!
¡No me coma, criatura,
mi carne es muy dura,
no hay quien la meta el diente!

–¡Suéltalo! –ordenó el Mofeta–. Y no seas bruto, Sisebuto, recapacita, medita, piensa (si sabes) que hay que proteger a las aves. Además, no tenemos fuerzas ni para pelarlo, ni leña para asarlo y a eso (mirando al avestruz) no hay quien lo coma.

OCTUBRE DÍA 23

El avestruz salió pitando, dando grandes zancadas, y del susto que tenía no les dio las gracias.

No lejos del grupo de piratas, el avestruz se echó sobre la arena y allí estuvo un rato, descansando, y después siguió su camino.

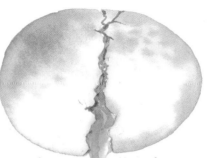

OCTUBRE DÍA 24

El Lirio se adelantó, gateando por la arena, llegó hasta el hoyo donde estuvo el avestruz y gritó:

–¡Huevo! ¡Huevo! ¡Estamos salvados!

El huevo era hermoso, mucho más grande que un balón de fútbol y pesaba más de tres kilos.

OCTUBRE DÍA 25

Con el huevo a cuestas llegaron al oasis. Excavaron en la arena y salió agua. Excavaron en la arena y salió fuego.

Unas hojas inmensas hicieron de sartén. Cogieron coco, pelaron cocos e hicieron una tortilla de patatas sin patatas,
con cocos.

OCTUBRE DÍA 26

La tortilla quedó como una plaza de toros.
–Ya no nos moriremos de hambre –dijo el Mofeta–. ¡A comer, muchachos! El avechucho ése nos ha salvado la vida. ¿Ves por qué no quiero matar a ningún animal, animal? A ti me dirijo, Sisebuto, tú le has asustado, le has atado, y el avestrucito, en vez de vengarse, nos ha devuelto bien por mal...
–¡Está bien, jefe, no me regañe a la hora de comer, que es malo para el cuerpo!
Se hincharon de comer tortilla, y de postre dátiles, y para la digestión un chupito de licor de coco.

OCTUBRE DÍA 27

Después de la comilona, los cuatro piratas se quedaron como cuatro troncos amodorrados y felices...
–¡Se acabó la siesta! ¡Hay que proseguir! ¡Llenad los pellejos de agua, y las mochilas de tortilla, tenemos que tener tortilla para comer un mes!
–Es mucha tortilla, jefe. Es que todos los días tortilla...
–Peor es todos los días hambre. ¡Hombre!
–Sí, claro –respondió el Lirio, que no hablaba casi.

OCTUBRE DÍA 28

A los pocos días se cruzaron con un rebaño de camellos, guiados por nómadas tapados hasta los ojos. Eran los resistentes tuaregs del desierto.
–¿Hacia dónde van? –preguntaron los camelleros.
Y el Mofeta contestó:
–Vamos a bañarnos.
Y los nómadas les dijeron:
–El mar está a cincuenta kilómetros.
–¡Jolín con la playita!
Y continuaron su camino sobre la arena
hasta que llegaron al mar,
hechos una pena.

OCTUBRE DÍA 29

El oso perezoso

Un coche de carreras
corre a cuatrocientos kilómetros
por hora
por la carretera.

Un oso perezoso
avanza medio kilómetro por hora
por la selva.

OCTUBRE DÍA 30

El oso perezoso
lento anda,
trepa lento,
come hojas,
le peina el viento.

El perezoso
parece un pequeño oso.

OCTUBRE DÍA 31

Se llama perezoso,
porque no hace nada,
siempre está dormido
en una rama.
Duerme veinte horas al día,
duerme boca abajo,
come boca abajo,
apenas se mueve,
es un tío vago.

143

El niño que buscaba un elefante para leerle sus versos

El niño se fue al desierto. Iba deseando llegar, llevaba un lapicero, un cuaderno y una bufanda para el invierno.

Al llegar a las palmeras, vio que los animales estaban enfadados entre ellos:

–¡Te voy a dar un cuellazo!

(dijo la jirafa al jirafo).

El niño abrió su cuaderno y se puso a leerles los versos. Como las jirafas tienen las orejas tan altas, no le oyeron.

Se fue al río y leyó los versos.

Como los monos estaban pensando en sus monadas, no le entendieron.

Pasó un avestruz; le leyó los versos.

Como los avestruces dan esas zancadas de cuatro metros, no le hicieron caso.

NOVIEMBRE DÍA 3

Al llegar al otro río se encontró un cocodrilo que estaba tan campante.
–Señor cocodrilo, ¿le leo un cuento?
El cocodrilo no dijo nada. Le volvió la espalda.
–Señor cocodrilo, ¿dónde está el elefante?
–Sigue para adelante... Y ¡vete pronto! que me están dando malos
pensamientos –dijo el cocodrilo
–Yo también tengo hambre y me aguanto, señor caimán –dijo el niño.

NOVIEMBRE DÍA 4

El niño salió corriendo y tropezó otra vez con el avestruz. El avestruz parecía un
monte de plumas, porque estaba agachada, adormilada y con la cabeza bajo el ala.
El niño le leyó los versos y el avestruz no dijo nada, pero lanzó un ruido como un
trueno y se fue... Se fue, no sin antes dejarle un huevo. ¡Pero qué huevo! Lo menos
pesaba dos kilos.

NOVIEMBRE DÍA 5

El niño se hizo una tortilla al sol con aceite de cacahuetes aplastados. La tortilla
salió como una plaza de toros. El niño sólo pudo comerse un trozo y siguió
andando. Al fondo de una montaña había agua y muchos árboles y allí estaban los
elefantes.

El niño se sentó en el pico de la montaña y bajó patinando sentado, porque era muy cuesta abajo y de pie no podía. Al llegar al llano empezó a leer los versos a los elfantes.

Ni caso.

Entretenidos en comer, bañarse y regarse con la trompa, haciendo un ruido infernal, ni siquiera miraron al niño.

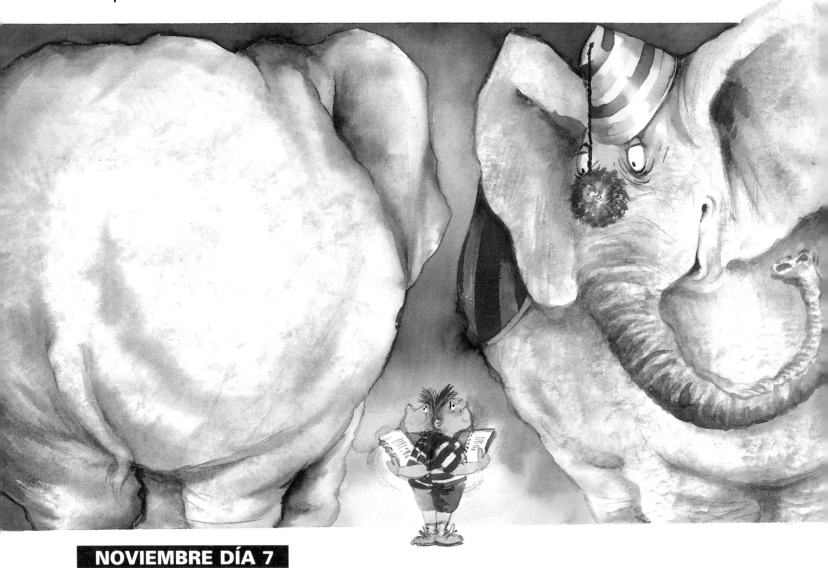

NOVIEMBRE DÍA 7

El niño, un poco triste, volvió a su casa. Iba deseando llegar.

Antes de llegar a las afueras de su pueblo, vio muchas luces de colores y oyó una música muy divertida.

–¡El circo! ¡Había un circo!

El niño, gateando bajo las lonas, se coló.

Abrió su cuaderno y se puso a leer los versos al elefante de su pueblo.

El elefante aplaudió con las orejas; y al final se puso de patas y le dio un beso con la trompa.

El dentista de la selva

Por la mañana

El dentista de la selva
trabajó intensamente
con un feroche cliente.

Era el rey de la jungla,
era un león imponente,
con colmillos cariados
y que le faltaba un diente.

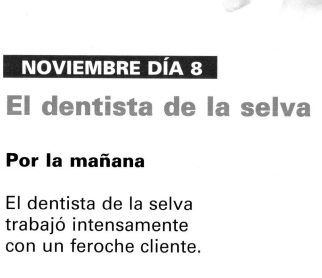

Por la tarde

Y dijo el doctor dentista
a su enfermera reciente:
–Pon el cartel en la choza,
no recibo más pacientes,
ha venido un cocodrilo
que tiene más de cien dientes.

El colmo de los colmilos (Cuento de elefantes)

Los cazadores de marfil dejaron pasar una manada de elefantes pequeños, porque aún no tenían colmillos.

–Hay que esperar, muchachos, días o semanas. Hay que racionar los víveres –ordenó el jefe del grupo.

–Será difícil, señor, nos queda poca comida, sólo saltamontes en conserva –que no dejan de ser una lata–, y agua queda una pizca.

–Pues hay que apretarse la faja y esperar –dijo él.

–La única cosa buena que tienen los cazadores es la paciencia –dije yo.

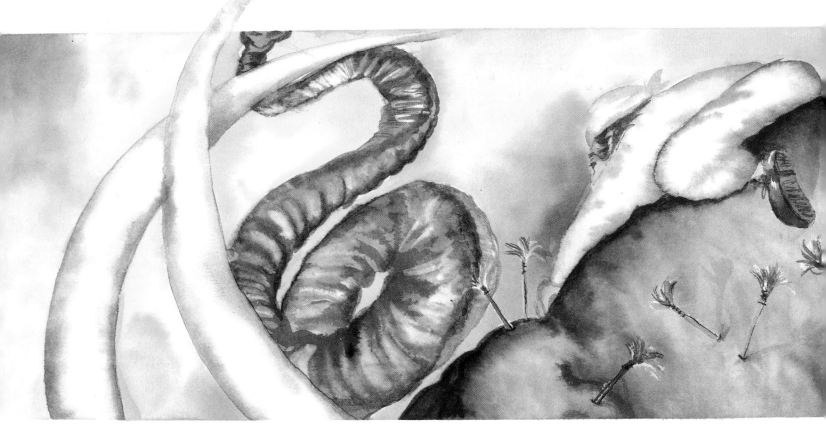

Pasaron unos cuantos días, pasaron unos cuantos ciervos, pasaron unos cuantos bisontes y pasaron más hambre que los pavos de Benito, que se comieron a picotazos la vía.

Estaban más aburridos que ovejas en una conferencia de numismática, cuando aparecieron cerca de ellos tres gigantescos elefantes, uno era mayor que un autobús de dos pisos y tenía unos colmillos larguísimos y en curva.

–¡A ése! ¡Al primero! ¡Al gordinflas! ¡Disparad!

NOVIEMBRE DÍA 12

Más de cien dardos (pequeñas flechas) se clavaron en la gruesa piel del gigante elefante elegante que cayó patas arriba como un inmenso acerico de costurero, como un erizo enorme sin decir ni mu.

(Tengo que deciros que no tiraron a matar, si hubieran sido cazadores de los que matan, no os contaría esta aventura porque yo soy ecologista-pacifista y quiero mucho a los bichos. Porque no me gusta contar esas crueldades y porque nunca quiero poner triste a un niño.)

NOVIEMBRE DÍA 13

Los dardos eran dardos «dormilones», dardos de los que usan los cazadores dueños de circos para cazar vivos a los animales salvajes (que son menos animales y menos salvajes que los que los cazan).

Como podéis imaginar, nuestros aventureros cazadores no querían quitarle la vida al elefante, sólo querían quitarle los dientes. Los larguísimos colmillos de marfil que valían un billón de pesetas eran su única pieza favorita.

NOVIEMBRE DÍA 14

Mientras dormía anestesiado el gran elefante, el grupo de aventureros-dentistas prepararon los utensilios. Unas grandes sierras metálicas y eléctricas, atronando la selva, empezaron a funcionar junto a la boca del "animalito" de dos toneladas.

NOVIEMBRE DÍA 15

Al cabo de muchas horas de trabajo, se oyó el deseado ¡zsss¡ ¡zsss!
Al instante, se cayeron hacia adelante, los colmillos del elefante, y se cayeron hacia atrás los cazadores.
¡El viejo elefante tenía los colmillos postizos! Nada de marfil, sólo plástico.
(El jefe, por ambicioso, había hecho el oso). Los cazadores se quedaron con la boca abierta. Después con la boca cerrada.

NOVIEMBRE DÍA 16

Los cazadores se quedaron sin gasolina.
Tuvieron que abandonar el «jeep». Emprendieron a través de la selva la vuelta a la ciudad en el coche de San Fernando (un ratito a pie y otro andando), acribillados por los mosquitos y rodeados de monos. Iban desfallecidos, delgaditos, con barbas sucias y pies rotos.
No daban miedo, daban pena.

Así caminaban los cuatro cazadores, cuando un ruido infernal y una espesa nube de polvo no les dejaba ver ni el camino ni las montañas.

Todos los elefantes de la selva les habían perseguido. Estaban rodeados por los gigantes paquidermos. Los cuatro cazadores temblaban como hojas de árbol bajo el vendaval.

NOVIEMBRE DÍA 18

Sólo con un trompazo del mayor elefante –que pesaba dos mil kilos– los cuatro canijos cazadores hubieran saltado por los aires.

El jefe de los elefantes habló:

–Dejad de tiritar, humanos. No venimos en son de venganza. Tenéis suerte de que seamos elefantes vegetarianos y pacifistas. Sólo deciros que a ver si dejáis de tocarnos las narices y de sacarnos los colmillos, odontólogos de m...

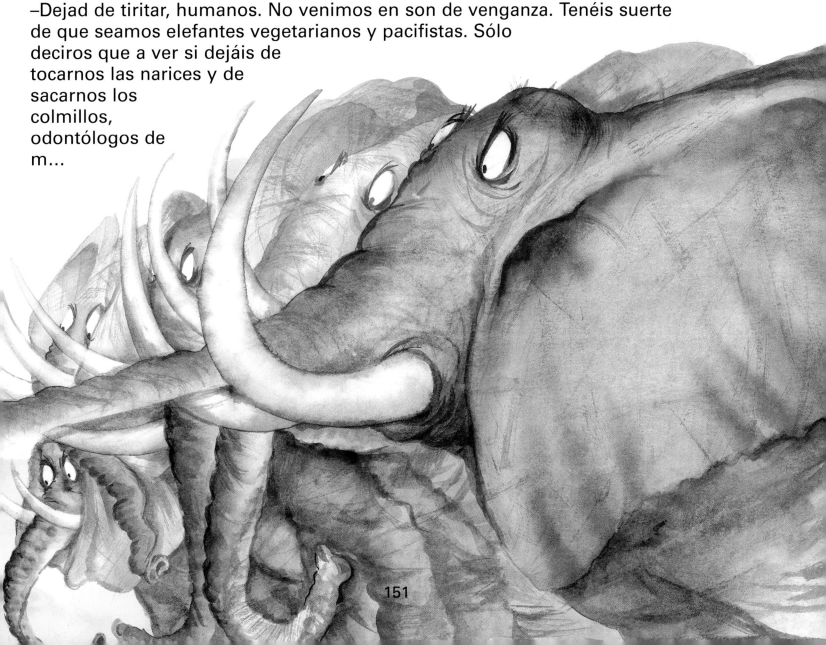

Tres tristes tigres con trigo

Este tigre se llama Tigre,

este se llama Trigo,

y ésta se llama Tigra
porque es niña.

Los dos tigres querían mucho a
su hermana tigra.
Tigra era la más nerviosa y
peligrosa de todos los tigres.

Pero no eran tres tristes tigres:
pronto aprendieron
a jugar sin gente,
y a comer sin dientes;
empezaron con yerbas,
plantas tiernas
y plátanos dulces.

Cerca de los tres tigres, pasó Naftalina, un
negrito de unos cinco años de edad, con todo el
cuerpo pintado a rayas amarillas y que, andando
a gatas, parecía otro tigre.
Por eso a los tres tigres no les extrañó el nuevo
personaje, creyendo que era otro igual, de la
misma raza; pero era un niño.
Además, el negrito
Naftalina
saltaba como ellos,
andaba como ellos,
trepaba por árboles y rocas como ellos,
comía lo que ellos
y junto a ellos;
tenía
(al cambio)
la misma edad que ellos.
(Porque un negrito de cinco años es como un
tigre de cinco meses).

Y como Naftalina era un niño de cinco años, aún no sabía que los tigres eran
peligrosos y que se podían comer a un hombre.
Y como los tres tigres eran cachorros de cinco meses, tampoco sabían que los
hombres eran peligrosos y que se podían «cargar» a un tigre.
Y así fue que el negrito Naftalina y los tres tigres se hicieron amigos y cómo cuatro
tigres crecieron y vivieron pacíficos y vegetarianos.

Naftalina era ya un hombre fuerte como un Tarzán y los tres tigritos se hicieron tres tigres de rugido en pecho.

Naftalina, como el «animal» más listo de los cuatro (por algo era hombre), se había hecho una especie de tambores con palos de ramas y piel de serpientes y los tocaba al atardecer con las manos.

NOVIEMBRE DÍA 24

¡Qué bien tocaba los tambores! Era un artista, porque nadie le había enseñado a hacerlo, y eso es ser artista.

Lo más maravilloso es que, imitándole, también tocaban los tambores los tres tigres. Y, cantando y riendo, tocando y disfrutando, estaban felices en su paraíso particular.

Hasta que...

pasó lo que tenía que pasar.

Pasó un hombre...

y... se acabó el concierto.

NOVIEMBRE DÍA 25

El hombre era
blanco, bigotudo,
escopetudo,
desgreñado,
arañado, roto,
parecía un náufrago
o un loco...
Se echó la escopeta a
la cara y...
–¡Sooo,
sosegaros!
¡Que no
comemos
carne!

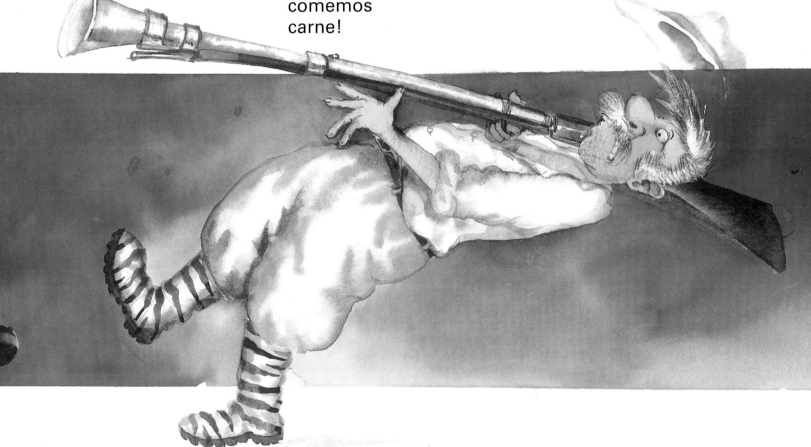

NOVIEMBRE DÍA 26

Al domador se le encasquilló la voz en la garganta y la bala en la escopeta.
–¡Cielos! ¡Un tigre que habla! ¡Poco a poco, me estoy volviendo loco!
Y salió corriendo. Naftalina y los tres tigres le siguieron, hasta que el domador cayó
por un barranco y perdió la escopeta y el conocimiento

Cuando el domador abrió los ojos vio sobre su cara tres
cabezotas de tigre lamiéndole las heridas, mientras
Naftalina le echaba agua en la cabeza con una concha para
espabilarle.
El domador por poco no se marea otra vez.

NOVIEMBRE DÍA 28

(Imaginaos si os despertáis y no veis más que cabezas de tigre sobre vuestra
cabeza y la cara pintada de un negrito salvaje y sin traje.)
–¡Dios mío, ayúdame! –exclamó el explorador.
–Ya te está ayudando, macho. No te pongas nervioso. Somos cuatro tigres
vegetarianos y, por lo tanto, tonto, no comemos carne… humana.
–Pero yo tengo carne de gallina…
–Solamente comemos carne de membrillo. Así que apacíguate.

Entre los cuatro se lo llevaron a su cueva y le dieron leche de coco y pastel de verduras.

Después, para animarle, se pusieron a rugir y a cantar al son de sus tambores canciones folklóricas de la selva, tales como:

«Tan tan tan
tantán.
Tan tan tan
tambor
Tan tan tan
tantán.
Tan tan tan
tontón.»

–Gracias, amigos, nunca os faltará, queridos tigres, trigo.

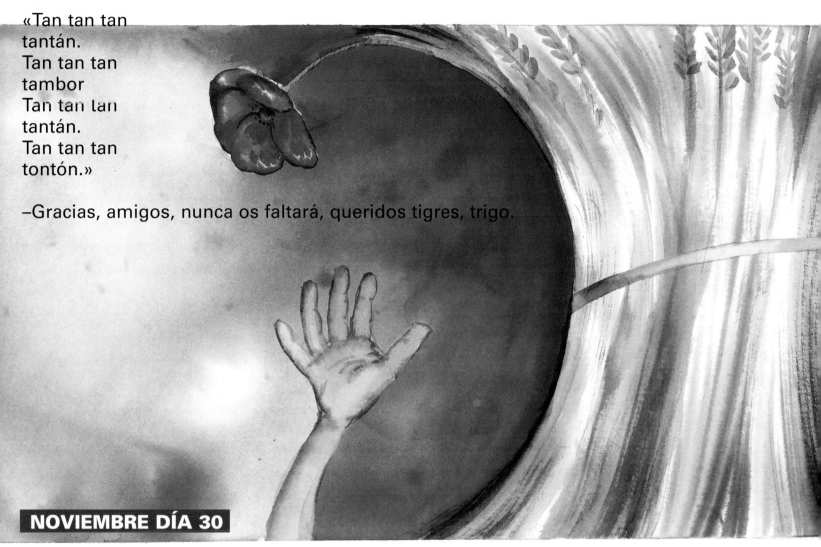

Y el domador, aunque estaba bajo una cueva, vio el cielo abierto y soñó con el éxito mundial que tendría si presentaba en su circo lo que estaba viendo.

...Pero no terminaron en el circo, terminaron en este cuento.

Y ahora vosotros los estáis viendo:

Un tigre,
dos tigres,
tres tigres
y Naftalina;
¡cuatro tigres!
con trigo y contigo.

El amanecer

Anda que te anda María.
Anda que te anda José,
van buscando un portalico,
que el Niño Dios va a nacer.

Lloran las estrellas,
¡al amanecer!
Los pájaros ríen,
¡al amanecer!
¡Cantan los pastores!
¡al amanecer!

Sonríe María,
rezaba José.
¡Ya huelen las flores!
¡Ya brillan sus pies!
¡Ríe la campana
con el cascabel!
El Niño esperado reluce,
¡al amanecer!

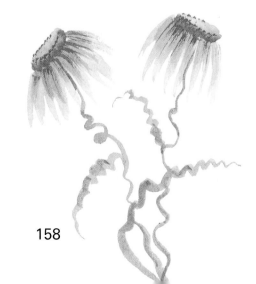

DICIEMBRE DÍA 3

Regalos le llevan
todos a Belén:
corderos guisados,
conejo y laurel,
cazuelas de nata,
tarritos de miel.

Un viejo pastor,
con aires de rey,
viene fatigado
de Jerusalén.

DICIEMBRE DÍA 4

Un cortejo llega
rendido de sed.
La estrella de plata
les anuncia a Él.

¡Ya le ven los Magos!
¡Todos ya le ven!
¡Ya hay sol en la tierra
de María y José!
¡Ya hay Amor y Paz!
¡Ya hay Luz en Belén!

Niño barato

En el portal de Belén
hay un niño muy barato,
le dan calor animal
un perro y un gato.

No ha hecho más que nacer
y ya nos hizo un milagro,
le dan calor animal juntitos
un perro y un gato.

DICIEMBRE DÍA 6

Su padre es obrero,
–sin trabajo– y a sus manos,
le dan calor animal
un perro y un gato.

Su madre le da alimento
y, a su pecho inmaculado,
le da calor animal
un perro y un gato.

Dentro desnudo hay un Niño,
fuera la nieve nevando
le dan calor animal
un perro y un gato.

El Rey de la Paz

¡Alégrate, zagala!
¡Alégrate, pastor!
Ha nacido Jesús,
es nuestro Redentor.

Ha nacido Jesús,
qué pena, en un establo,
sin más luz que su luz,
sin más sol que sus manos.

Sin más luz que sus ojos,
nació el Crucificado,
nació el Rey de la Paz,
nació el Cordero Blanco.

Igual los pastores,
que los Reyes Magos
doblan sus rodillas
y beben cantando.

Y beben la paz
de sus ojos claros.
El frío no quiere
entrar al establo.

DICIEMBRE DÍA 9

Madre, no sé qué pasó

Madre, no sé qué pasó
esta noche por la sierra;
dicen que nació una estrella;
madre, no sé qué pasó.

Donde los bueyes estaban
apareció tanta luz,
que dicen que si María,
que dicen que si Jesús...

DICIEMBRE DÍA 10

Yo me acercaba al portal
con la oveja blanca y negra;
madre, no sé qué pasó,
pero le dejé la oveja.

Yo me acercaba al portal
con la pelliza del frío;
madre, no sé qué pasó,
pero se la dejé al Niño.

DICIEMBRE DÍA 11

Madre, corra, vaya pronto;
es el portal aquél;
es un zagalejo pobre,
pero me parece un Rey.

Es muy pequeñito, madre,
el Infante del portal.
Madre, no sé qué pasó,
pero yo le quiero ya.

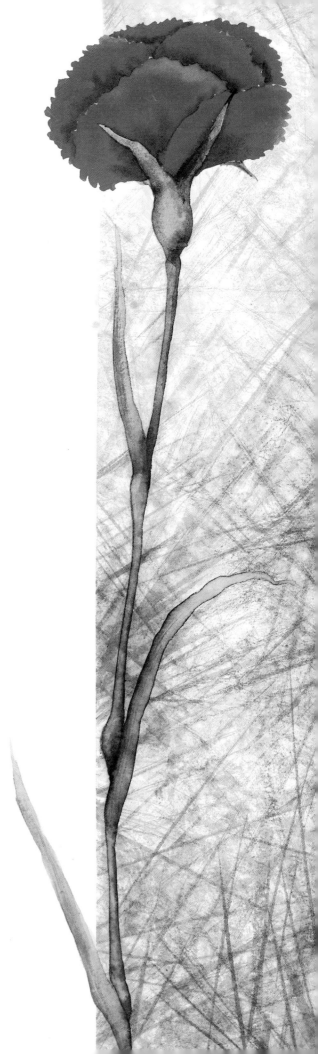

DICIEMBRE DÍA 12

¡Déjame al Niño!

Dulce Señora,
tallo florido,
¿me dejas un poco
tener al Niño?

Déjamele
que nunca he tenido
un clavel como él.

DICIEMBRE DÍA 13

Dulce José,
varón elegido,
¿me dejas un poco
tener al Niño?

Déjamele,
que nunca he tenido
tantísima sed.

DICIEMBRE DÍA 14

Dulce José,
santo querido,
¿me dejas un poco
tener al Niño?

Déjamele,
que nunca han tenido
mis brazos un Rey.

DICIEMBRE DÍA 15

El Niño dormilón

No te duermas, Hijo,
que están los pastores.
Ellos te traen quesos,
ellas te traen flores.

DICIEMBRE DÍA 16

Hijo, no te duermas,
que vienen los Magos.
Melchor, si le vieras,
los ojos muy largos,
Baltasar muy
negros
y Gaspar muy
claros.

DICIEMBRE DÍA 17

Hijo, no te duermas,
que nace mi llanto.
No cierres los ojos,
que te está mirando
un pastor sin madre
que vino descalzo
a ofrecerte un cuenco.

Cuenco de sus manos
lleno de azulinas
de las de tus campos.

¡Hijo, no te duermas,
que te están rezando!

DICIEMBRE DÍA 18

Pastores pobres

¿Qué tienen estos pastores
que no saltan de gozo,
que no danzan
ni cantan canciones?

¿Qué tienen estos pastores?
No tañen rabeles,
ni flautas ni liras;
no danzan camino
donde está María.

DICIEMBRE DÍA 19

No llevan corderos
ya sacrificados,
ni tarros con mieles,
ni pañales blancos.

Nada de risa,
nada de canto,
y nada, nada
llevan en sus manos...

Van donde ha nacido el iluminado,
y al llegar a verle
se han arrodillado.

DICIEMBRE DÍA 20

–¿Qué tienen? ¿Qué tienen,
no tienen nada?
–Que lo tienen todo,
porque ya le aman.

¡Qué buenos pastores,
de buena semilla,
los que sólo saben
doblar la rodilla!

La huida

Un asnillo muy contento
lleva a la Virgen y al Niño.
San José, para que corra,
le atiza en el traserito.
Y el asno trota
–lo ha comprendido–.
La Virgen canta
nanas al Hijo.
El Niño rubio
ya se ha dormido;
se para el asno
junto a un olivo.

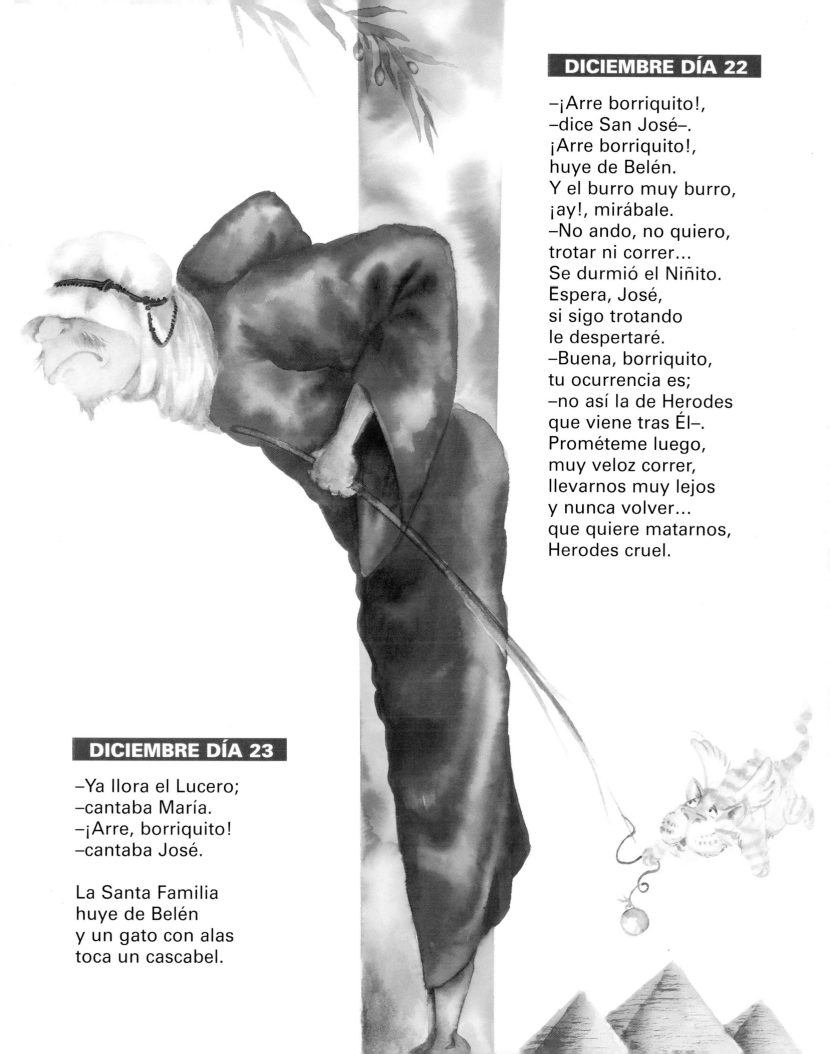

DICIEMBRE DÍA 22

–¡Arre borriquito!,
–dice San José–.
¡Arre borriquito!,
huye de Belén.
Y el burro muy burro,
¡ay!, mirábale.
–No ando, no quiero,
trotar ni correr…
Se durmió el Niñito.
Espera, José,
si sigo trotando
le despertaré.
–Buena, borriquito,
tu ocurrencia es;
–no así la de Herodes
que viene tras Él–.
Prométeme luego,
muy veloz correr,
llevarnos muy lejos
y nunca volver…
que quiere matarnos,
Herodes cruel.

DICIEMBRE DÍA 23

–Ya llora el Lucero;
–cantaba María.
–¡Arre, borriquito!
–cantaba José.

La Santa Familia
huye de Belén
y un gato con alas
toca un cascabel.

Pelines pone el nacimiento y el árbol

La abuela Manuela sacó al Niño Jesús de su alcoba y le puso en la sala (que era la cocina) sobre una mesita, con mantel de puntillas y un florero con caléndulas (florecillas de invierno); en un rincón, dentro de un tiesto forrado de papel de plata, también había un pino helado.

–¡Pues vaya un nacimiento, sólo con el Niño Jesús! ¡Y vaya una birria de árbol de Navidad, sólo con ramas! –dijo la tía.

–Es verdad –comentó Pelines–, claro que, se me ocurre una idea. Voy al arroyo pequeño a coger barro húmedo y, si me dejas, hago yo las figuritas del Belén. ¿Te acuerdas, tía, que cuando yo era más pequeño, hacía monigotes con «plastilina»?

–Sí, Pelines, sí, haz lo que quieras.

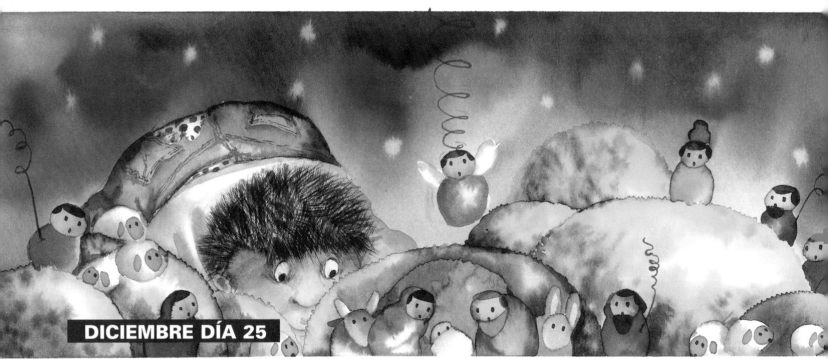

Pelines se pasó toda la tarde «haciendo» pastores y ovejas.

A la oveja que no le salía oveja, le ponía el hocico plano y un rabito de sacacorchos y la convertía en un cerdito.

San José no le salía, tuvo que hacer dos o tres San Josés; ya sólo le faltaba la Virgen, tardó más tiempo. Pelines miraba para copiar una estampa del libro de la abuela. La Virgen le salió de milagro.

Cuando el barro se secó, Pelines pintó de colorines todas las figuritas. El Nacimiento tenía mucho musgo, mucho corcho, mucha nieve, y todo esto no tuvo que comprarse, lo cogió Pelines, gratis, a dos pasos de su casa.

–Al portal de Belén le faltan luces, abuela.

–Tienes razón, pondremos una vela.

DICIEMBRE DÍA 26

El Nacimiento de Pelines quedó precioso.
La cena de Navidad de Pelines quedó exquisita.
Patatas con bacalao.
Huevos fritos con chorizo
y ¡arroz con leche!
De postre, ¡villancicos!
Villancicos con acompañamiento de
panderetas, tapaderas, sartenazos y una
zambomba del año pasado.

DICIEMBRE DÍA 27

Pelines cantó los del colegio:
Yo me acercaba al Portal,
con la oveja blanca y negra;
tía, no sé qué pasó
pero le dejé la oveja.
Yo me acercaba al Portal,
con la chaqueta del frío;
tía, no sé qué pasó
pero se la dejé al Niño.
Es muy pequeñito, tía,
el Infante del Portal;
tía, no sé qué pasó,
pero yo le quiero ya.

DICIEMBRE DÍA 28

La abuela Manuela cantó uno muy antiguo
que decía:
En el Portal de Belén,
han entrado los ladrones,
y al pobre de San José
le han robado los calzones...
–Ande, ande ande...
Y no andaban, la familia de Pelines bailaba
y cantaba...

DICIEMBRE DÍA 29

La tía y la abuela volvieron a beber otra copita de anisete, hasta que se quedaron dormidas junto a la lumbre, en las mecedoras.

Pelines, ya sin hacer ruido, se fue a dormir muy contento.

A la media noche, se despertó la abuela y se puso a hacer pequeñas bolsitas con pepel de plata, en cada bolsita, metía una sorpresa, y después, con un hilo, las iba colgando del árbol.

DICIEMBRE DÍA 30

Por la mañana, se levantó Pelines y al ver el árbol de Navidad lleno de bolsitas de plata, empezó a dar saltos de alegría.

–¡Regalos! ¡Regalos! –y muy nervioso de tanta felicidad, Pelines iba abriendo los pequeños envoltorios que colgaban del pino.

–¡Ay va! ¡Una nuez! ¡Castañas! ¡Almendras! ¡Avellanitas! ¡Golosinas!

DICIEMBRE DÍA 31

Sí, eran golosinas naturales. Frutos, que los árboles del campo habían regalado a la abuela.

–Paca –dijo la abuela–, estoy pensando en lo contento que está nuestro Pelines a pesar de que no le hemos podido comprar ningún juguete.

–Abuela, es que Pelines es muy inteligente y está acostumbrado a ser un niño pobre.

La abuela cogió a Pelines de la mano y le llevó hacia la mesita donde estaba el Nacimiento.

–Mira, Pelines, ¿te has fijado que el Niño Jesús se parece a ti?

–¡Jo! ¡Qué cosas dices, abuela! –contestó Pelines dándole un brazo.

Índice